光文社文庫

長編時代小説

未決
吉原裏同心(19)
決定版

佐伯泰英

光　文　社

目次

新吉原廓内図

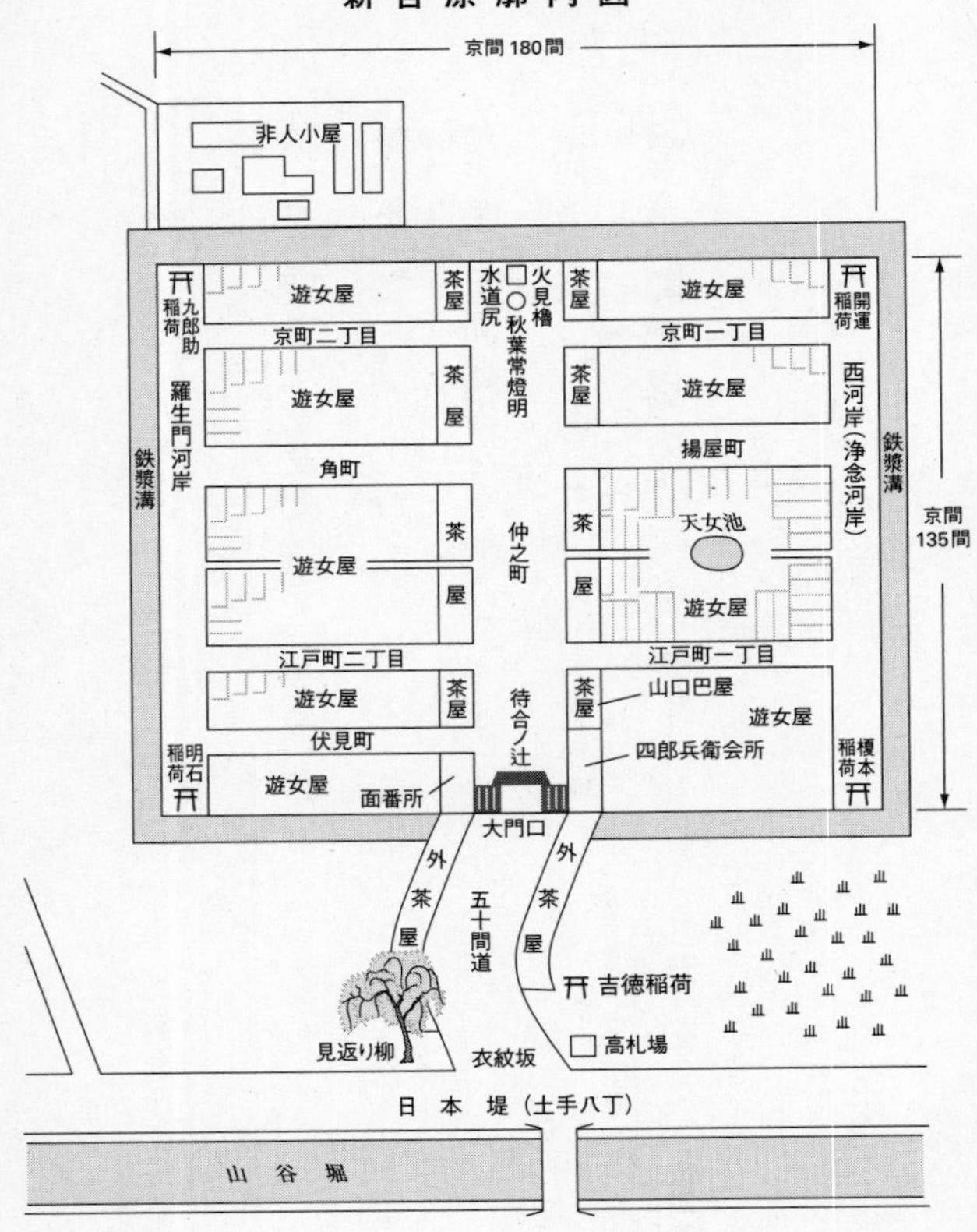

京間180間
非人小屋
九郎助稲荷
遊女屋
茶屋
火見櫓
水道尻
秋葉常燈明
京町二丁目
京町一丁目
開運稲荷
羅生門河岸
西河岸（浄念河岸）
鉄漿溝
揚屋町
角町
仲之町
天女池
京間135間
江戸町二丁目
江戸町一丁目
山口巴屋
待合ノ辻
伏見町
四郎兵衛会所
明石稲荷
榎本稲荷
面番所
大門口
外茶屋
五十間道
吉徳稲荷
高札場
見返り柳
衣紋坂
日本堤（土手八丁）
山谷堀

北
東
南
西
千住大橋
鐘ヶ淵
隅田村
荒川
三河島
田端
日暮里
千住道
小塚原
隅田川
寺島村
駒込
谷中
日本堤
金杉上町
新吉原
今戸町
鷲神社
山谷堀
今戸橋
千駄木
白山
下谷
浅草寺
小梅村
東叡山寛永寺
根津権現
御薬園
小石川
本郷
中堂
幡随院
広徳寺
阿部川町
東本願寺
浅草花川戸町
吾妻橋
伝通院
不忍池
新堀川
田原町
竹町ノ渡し
三間町
並木町
駒形堂
菊坂町
池之端仲町
下谷広小路
御徒町
湯島天神
蔵前
春日町
水戸徳川家
北割下水
牛込
森田町
御米蔵
石原町
神田明神
神田川
外神田
向柳原
天王町
牛込御門
小石川御門
水道橋
神楽坂
浅草橋
柳橋
御竹蔵
南割下水
番町
昌平橋
筋違御門
和泉橋
柳原土手
両国広小路
本所
田安御門
俎板橋
雉子橋御門
一ツ橋御門
内神田
馬喰町
両国橋
回向院
市谷
竪川
市谷御門
清水御門
神田橋御門
小伝馬町
今川橋
日本橋
新大橋
常盤橋御門
北町奉行所
小名木川
室町
江戸橋
麹町
江戸城
半蔵御門
呉服橋御門
南茅場町
仙台堀
深川
西之御丸
材木町
日本橋
組屋敷
八丁堀
永代橋
南町奉行所
鍛冶橋御門
京橋
霊岸島
富岡八幡宮
永田町
桜田御門
赤坂御門
数寄屋橋御門
西本願寺
石川島
越中島
山王日枝神社
新橋
築地
佃島
溜池
幸橋御門
汐留橋

『未決』主な登場人物

神守幹次郎……豊後岡藩の馬廻り役だったが、幼馴染で納戸頭の妻になった汀女とともに逐電の後、江戸へ。吉原会所の七代目頭取・四郎兵衛と出会い、剣の腕と人柄を見込まれ、「吉原裏同心」となる。薩摩示現流と眼志流居合の遣い手。

汀女……幹次郎の妻女。豊後岡藩の納戸頭との理不尽な婚姻に苦しんでいたが、幹次郎と逐電、長い流浪の末、吉原へ流れつく。遊女たちの手習いの師匠を務め、また浅草の料理茶屋「山口巴屋」の商いを手伝っている。

四郎兵衛……吉原会所の七代目頭取。吉原の奉行ともいうべき存在で、江戸幕府の許しを得た「御免色里」を司っている。幹次郎と汀女を吉原に迎え入れた後見役。

仙右衛門……吉原会所の番方。四郎兵衛の右腕であり、幹次郎の信頼する友。

玉藻……四郎兵衛の娘。仲之町の引手茶屋「山口巴屋」の女将。

三浦屋四郎左衛門……大見世・三浦屋の楼主。吉原五丁町の総名主にして四郎兵衛の盟友であり、ともに吉原を支える。

薄墨太夫……吉原で人気絶頂、大見世・三浦屋の花魁。吉原炎上の際に幹次郎に助け出され、その後、幹次郎のことを思い続けている。幹次郎の妻・汀女とは姉妹のように親しい。

身代わりの左吉……罪を犯した者の身代わりで牢に入る稼業を生業とする。裏社会に顔の利く幹次郎の友。

村崎季光……南町奉行所隠密廻り同心。吉原にある面番所に詰めている。

桑平市松……南町奉行所の定町廻り同心。以前に探索が行き詰まった際、幹次郎と協力し事件を解決に導いた。足で探索をする優秀な同心として知られている。

柴田相庵……浅草山谷町にある診療所の医者。お芳の父親ともいえる存在。

お芳……柴田相庵の診療所の助手。幼馴染の仙右衛門と夫婦となった。

おりゅう……吉原に出入りする女髪結。幹次郎と汀女の住まう左兵衛長屋の住人。

長吉……吉原会所の若い衆を束ねる小頭。

金次……吉原会所の若い衆。

政吉……吉原会所の息のかかった船宿牡丹屋の老練な船頭。

未決

——吉原裏同心（19）

第一章　突き出し女郎

一

釜日一日傾城でなし

川柳に詠まれたように、毎月二十七日は遊女たちが髪を洗う日と決まっていた。楼の庭に大釜が据えられて薪がくべられ、時折森閑とした楼の中に薪がはぜる音が響いた。ために二十七日は、七つ（午後四時）まで楼は休業した。

吉原の遊女にとって釜日はいささか体を休められる日であり、ひと月も結い上げた立兵庫や勝山髷を解いて髪を洗ってもらう気持ちのよい日であった。

大見世（大籬）では前夜から釜の湯を沸かし始める。

江戸町二丁目の老舗の中見世（半籬）千惷楼でも、泊まりの客を早めに帰し、狭い中庭に釜を据えて湯を沸かしていた。

毎月二十六日の泊まり客は明日が釜日であることを承知しており、一見の客にはその仕来たりを伝えて理解を得ていた。ために客の大半は、遅くとも七つ半（午前五時）前に遊女の床を出て、帰り仕度をすると次の逢瀬を約定して大門を出ていた。

だが、千惷楼でお職を張る莉紅の客だけは六つ半（午前七時）になっても床から出ようとはせず、莉紅もいっしょに客と寝煙草などを喫ってお喋りをする気配が廊下に伝わってきた。

二階廻しの男衆四之助が、

「莉紅さん、本日は釜日でございますよ、お客人にまたの機会にとお願い申してくださいな」

と廊下から懇願した。だが、

「湯が沸いたかえ。まだ沸いてないんだろう。ならば佳右衛門様と待つよ」

といささか伝法な口調で莉紅は言い放った。

「そりゃ、困りますよ。釜日なんだからね」

「釜日釜日って、なんだい。わちきには最初から髪結の吉さんを呼んでおくれな」

「ひとりだけ勝手はなしだよ。他の女郎衆はもう髪を梳かし始めているよ。うちのお職がそれじゃ、示しがつかないよ」

「うるさいね。佳右衛門様はわちきの大事なお客人、この楼の台所を支えてなさるお方ですよ。ねえ、佳右衛門の若旦那」

とふたりでくすぐり合っているのか笑い声が漏れてきて、

「朋輩がどうしたって？　有象無象には好きなように言わせておくがいいや」

「その言葉はないよ。旦那も女将さんも困っておいでだ、頼むよ」

「ごちゃごちゃとうるさいね。旦那がどうした、女将さんがなんぼのもんだ。わちきはお客人を大事にしているんだよ、どこに文句があるんだえ」

と廊下の四之助に叫んだ莉紅が、

「ねえ、佳右衛門の若旦那、そろそろこんなけち臭い楼から吉原の外に鞍替えさせておくんなまし。それとも突き出しのわちきを嫁にする勇気がありんすか」

と客にも好き勝手に言い、なにをしているのかふたりの含み笑いが廊下に伝わってきた。

廊下から四之助の気配が消えた。

しばらくすると遣手のたねの猫撫で声がした。

「莉紅さん、釜の湯も沸いてきた。お職のああたが最初なんですからね、今のまだと本日の髪洗いはなしってことになりますよ。そろそろお客人にお引き揚げを願ってくださいな。頼みますよ、莉紅花魁はうちの手本となる女郎なんですからね」

「うるさいよ。わちきは突き出しでありんす。朋輩なんていやしません。芋女郎といっしょにするんじゃないよ。待たせておけばいいだろうが」

「ちったあ、楼のことも考えておくれよ。他の楼じゃあ髪洗いが始まっているというのにさ」

たねの声が険しいものに変わった。

「ぎゃあぎゃあ、うるさいね、気分が悪いよ。佳右衛門の若旦那、居続けてくださいな。しばらくひとりで待っていてくださいよ」

ようやく莉紅だけが床を出る気配がして、寝間着のままに襖を開けて次の間に出てきた。廊下の障子を薄く開けて顔を覗かせていたたねが、

「莉紅さん、困るよ。今日は釜日なんですよ、それが吉原の仕来たりなんですか

らさ。お客人を帰してくださいな」

と小声で言った。

「横川の船問屋の直島屋佳右衛門様は格別、わちきがいいと言えばそれでいいのでありんす。おたね、髪結を呼んでおくれな」

いい加減なありんす言葉は当てつけだった。

「うちの楼は大籬じゃございません。髪洗いはお互いにやりっこするのが習わし、最初から髪結なんて呼べませんよ。呼ぼうったって大籬の三浦屋さんなんぞが吉原出入りの髪結は押さえておられます、だれも残っていやしません。向こうが終わったら来るように頼んでますからね」

莉紅の真っ白な顔が赤く染まった。整った顔立ちが怒りに燃えて、

「おたね、この莉紅を突き出しだと思って馬鹿にしくさっているね。わちきは、髪結の吉さんを呼んでくれなきゃ、髪洗いなど御免ですよ」

遣手のたねを睨んだ。だが、たねもここが頑張りどきと睨み返した。そんなこんなで莉紅は階下の釜前に下りてきた。

そろそろ五つ（午前八時）の刻限という頃合いだ。

半籬の千惷楼のこの抱え女郎がわがまま放題なのには理由があった。

千惷楼は中見世ながら馴染の客を持つ老舗の楼であった。

五年前に女将が胸の患いで亡くなったあと、旦那の右兵衛が一年もしないうちに廓外から料理茶屋の出戻りだったおなかを後添いにもらった。

そのとき、右兵衛は五十五、おなかは二十三と歳が離れていた。

抱え女郎たちは、

「なにも旦那、三十も若い出戻りなんぞを楼に入れることはないじゃないか。うちにはさ、女は佃煮にするほどいるんだからさ。ちったあ、周りを見回すがいいや」

「わちきらのことでありんすか。売り物に楼主が手をつけちゃお仕舞いでありんす」

「ありんすもなにもあるかえ。吉原は世間とは違うところですよ。出戻り女に女将が務まるもんか」

と言葉遣いも荒く言い合った。

だが、右兵衛が睨みを利かせているかぎりは、抱え女郎も陰で言い合うだけに留まった。

後添いのおなかを女将に据えて二年、右兵衛が寒の最中に湯殿で倒れた。深酒をして湯に入ろうとして中気に見舞われ、命は取り留めたが半身が動かなくなった。商売柄吉原の中での療養はままならず、廓外に借りた家で右兵衛は養生することになった。

そんなわけで後添いのおなかが楼内を仕切らざるを得なくなった。

一方、抱え女郎たちは吉原に馴染み切れない女主のおなかを甘くみて、次第に命に逆らうようになり、一気に箍が外れて、楼の空気が荒んだ。

その気配は敏感に客に伝わり、馴染の客も一人ふたりと遠のいて、内証が苦しくなった。

「江戸二の千悳楼は終わりだね」

「ああ、旦那がよいよい、後添いの女将さんが吉原のよの字も分からないときちゃだめだろうね。だれぞの手に渡るよ」

廓内に悪い噂が飛び交った。

だが、奇跡は起こった。

半身が動かなくなり寝込んでいた右兵衛がなんと千悳楼に戻ってきたのだ。話す言葉は分かりづらいが、なんとか厠にも独りで行けるし、帳場に座って帳面を見られるようになっていた。

「驚いたね、千惷楼の右兵衛さんが戻ってきたって」

「ああ、そろそろとだが杖をついて歩けるし、言葉は聞き取りづらいが震える手で帳付けをしているとさ」

「若い女将さんの体に未練があるのかね」

「あの体で抱けるのかえ」

旦那と女将の二人三脚で楼の緩んだ箍を締め直そうとした。だが、いったん荒んだ楼の空気はなかなか元には戻らなかった。

それが一年半も前の話だった。

そのころ吉原会所の頭取四郎兵衛は右兵衛に呼ばれ、相談を受けた。右兵衛の傍らに従うおなかが右兵衛の言葉を通詞して四郎兵衛に内情を打ち明けた。

「頭取、外から突き出しが入るそうですね」

おなかの通詞に四郎兵衛が頷いた。

吉原で突き出しというとき、幾通りかの意味があった。

その一は「新造出し」のことだ。この娘はゆくゆく売れっ子の遊女になると見立てられた禿を「引込禿」と呼んで楼内で育て上げ、十四、五になったころ新造出しとして披露して売り出す、将来、楼の米櫃になり、花魁だの太夫だのと呼ばれるようになる売れっ子候補だ。この新造出しを突き出しとも呼んだ。

その二は、十六、七で吉原に身売りされてきた遊女が初めて見世に出ることをいった。

そして、その三はいささか事情が変わっていた。

江戸のうちで数多ある遊里の中で幕府公認は吉原だけだ。

品川、千住、板橋、内藤新宿の四宿も法制上はお目こぼしの遊里であった。

そんな岡場所が江戸には無数にあった。

なにしろ江戸の人口は百万と言われ、女より男が断然多い特殊な人口比率の都だった。大名諸家の家臣団は大半が、

「江戸勤番」

と称する単身赴任者だからだ。江戸には性の捌け口である岡場所が数多乱立する要件が揃っていたのだ。

それでもあまりにも目に余るとなると、お目こぼしの岡場所に町奉行所の手入れが入った。そこでお縄になった女郎は高提灯で吉原に送られてきて、足掛け三か年の〝ただ働き〟という刑罰を受けることになった。これらの女が初見世に出ることも、突き出しと称した。

右兵衛がおなかの口を借りて四郎兵衛に、

「外から突き出しが入るそうですね」

と言ったのは、深川(ふかがわ)の岡場所で働いていた女が町奉行所の手入れを受けて吉原に送り込まれることに言及したのだった。

「右兵衛さん、たしかに奉行所から話がございました。明日にも高提灯で三十七人が送り込まれてきます」

「と、頭取、そ、そのひ、ひとりをうちに」

と右兵衛が言った。

「千惷楼さんでは女郎が足りていませんか」

四郎兵衛はこの数年、千惷楼の評判がよくないことを承知していた。だが、楼それぞれの商いにまで会所が首を突っ込むことはない。他の楼や廓内に面倒をかけないかぎり、口を出すことはない。

「頭取、旦那が病(やまい)になって楼の中はがたがたなんでございますよ。なんとか新しい女郎に入ってもらい、立て直したいのですよ」

「おなかさん、高提灯で吉原に送り込まれてくる女は三年と限られた上に、どちらかというと吉原に馴染まなくて厄介(やっかい)を起こす女が多いんだがね。それでもいいと言いなさるなら、吉原で看板を上げて三代目の千惷楼さんだ、若い女子を選んで三、四人願いましょうかな」

「ひ、ひとりでいい。な、名はり、りこうです」

「なに、右兵衛さん、突き出し女郎の指名ですか。知り合いかね」

「ち、ちがう」

と動きにくい右手をゆっくりと横に振った。

「知らないと申されますかえ。突き出しを見てから選んでも遅くはないと思うがね」

「頭取、うちの人はなんとしても深川の莉紅って女をというのですよ。私もなぜその女に拘るか知りません。なんでも占いかなにかでその女がうちを立て直すと出たんだそうです」

「莉紅ね」

と思案した四郎兵衛は、それだけ主の右兵衛が拘るのなれば、と頷いた。

翌日昼前のことだ。

町奉行所の高提灯に先導されて三十七人の突き出し女郎たちが大門を潜り、面番所同心の前で遊女請状の名と突き合わされたあと、配分された楼の男衆に連れられて五丁町に散っていった。

四郎兵衛は千惷楼に配分された莉紅を注視していた。

町奉行所の手によって摘発された女たちは、官許の吉原でただ働きさせられるというので、暗い顔をして怯えていた。

吉原には独特の廓法や仕来たりがあり、それに慣れるのは大変だと聞いていたし、また新参者が苛められるのは世間では当たり前のことだった。まして奉行所の高提灯で送られてきた女だ、配属された楼で朋輩らに歓迎されないことは予測された。

だが、莉紅という女はひとりだけ平然としていた。

歳のころは二十歳前後か。

肌が透けるように白く、細身だった。黒紗を着こなした不敵な顔は、目を見張るほどの美形というのではない。だが、男好きのする妖しげな雰囲気を漂わせていた。何年深川で男たちの欲望に応えて肌を接してきたのか知らないが、すれていない風情もあり、ずぶの素人女としても通った。

四郎兵衛は、右兵衛がだれからこの女の存在を聞いて指名したのか、と不思議に思った。

ともあれ、配属が決まり、三年のお仕置きを務め上げれば、大門の外に出ることになる。また楼のほうで改めて女を抱えにしたいと申し出れば、その時点で新たな年季が決まった。だが、そのような運を引き当てる突き出しは少なかった。

もし莉紅が最初から吉原で突き出されていれば、そこそこの売れっ子女郎になっていただろうと、四郎兵衛の勘は教えていた。一方でなにか厄介を抱えている女ではなかろうかとも思った。

「七代目、あの莉紅ってすべたに関心があるのでござるか」

と隠密廻り同心の村崎季光が無精髭の生えた顎を片手で撫でながら尋ねた。

「村崎様の目にも留まりましたか」

「あの女、そそるではないか。七代目の歳ともなるとそんな欲は起こらぬか」

「その道ばかりは死ぬまででございますよ」

「ほう、ということはそれがしと同じ考えで観察しておったか」

「村崎様の関心が奈辺にあるか存じませんが、一風変わった女と思ってな、見ておりました」

「よいよいの右兵衛と若い後添いの女将で御し切れるかのう」

村崎同心の勘もまんざらではないと、四郎兵衛は感じ入った。

新入りの突き出したちがそれぞれの楼で奉公し始めて十日もしたころ、千惷楼に客がひっきりなしに付くという話が四郎兵衛の耳に伝わってきた。

最初に小頭の長吉が、

「七代目、江戸二の千惷楼ですがね、不運続きの潮目ががらりと変わってきたのかもしれませんよ」

「ほう、右兵衛さんのところにいい話があるかな」

「突き出し女郎の莉紅って女には、深川以来の馴染がいましてね、押しかけてくるんだそうで、旦那も女将さんもいい突き出しを掘り当てたと喜んでいなさるそうな」

「それはよかった」

四郎兵衛は右兵衛の頼みがあって莉紅を千惷楼に入れたことをしばらくは、番方の仙右衛門にも神守幹次郎にも話していなかった。

「大門を潜った突き出しのうちで、いささか異彩を放っていたことはたしかだがな。あの莉紅のどこがよくて、深川の客は吉原に鞍替えしたのかね」

「わっしも不思議に思って、遣手のおたねさんに尋ねたんだが、長いこと女郎を見てきたおたねさんですら首を捻るのでございましてね。客に尋ねても、にやにや笑って、一度肌を合わせてみることだと言うだけで、だれも語ってはくれないそうでございますよ」

長吉は首を捻り、

「ほう、あの女、吉原の遊女でも敵わない秘芸を持っておるのであろうか」

と四郎兵衛も首を傾げた。

吉原の大門を潜った女たちは各妓楼の遣手や老練な男衆から、交合に際しての初歩に始まりその楼独特の性技まで教え込まれた。

吉原にとっては、

「性」

が商品なのだ。ためにときに恥ずかしさを忘れ、ときに羞恥の情を客に見せながら、手練手管を駆使して、馴染客をつなぎ止める。

四郎兵衛は御免色里の吉原こそ、遊女と客が初めて会う初会から、

「仮の夫婦」

を想定する数々の習わしを経て最後に床入りに至る仕来たりによって、最高の

もてなしをしてきたと信じてきた。

だが、深川の岡場所にいた莉紅はあっさりとその考えを打ち砕く存在になるのではと不安に感じた。

「七代目、なんぞ懸念がございますので」

「いや、そうではない」

と答えた四郎兵衛は、

「千惷楼は江戸二の老舗楼、ここのところ悪いことばかり続いておりました。それをひとりの突き出しが変えたとするならばこれ以上の慶賀はございますまい。右兵衛さんの勘の鋭さに感心するばかりですよ」

と笑い、その場はそれに留めた。だが、四郎兵衛はのちに幹次郎と仙右衛門に莉紅の千惷楼入りの経緯を話し、それとなく注意した。

しばらくして、莉紅たち新入りの突き出しがそれぞれ吉原に馴染み始めたころから、

「千惷楼のお職は突き出しの莉紅じゃそうな。旦那も女将も気を遣って莉紅にはなにも言えないとよ」

という噂が四郎兵衛の耳に入った。それでも楼内に差し障りが留まっているか

ぎり吉原会所が口出しできる話ではなかった。

二

千惷楼の髪洗いは余所(よそ)の楼よりも一刻(いっとき)(二時間)ほど遅れて始まった。お職がまず真っ先に洗ってもらうのがどこの楼でも決まりだ。また、たいてい仲のよい女郎同士で組になり、洗いっこするのが仕来たりだ。だが、だれもが莉紅と組になるのを嫌がり、髪を洗いたがらなかった。長々と待たされた末に、洗い方にあれこれと厳しく文句をつけるからだ。

そこで遣手のたねが致し方なく莉紅の髪を洗う羽目(はめ)になった。だが、相変わらず、

「そう髪を引っ張っちゃ痛いじゃないか」

とか、

「もう少し丁寧に洗うことができないのか」

とか、さらには、

「年寄りはこれだから嫌だよ。力加減がなってないよ」

と好き勝手を言い、髪結を雇ってこいと散々に喚き散らし、ともかく洗いたての髪を何枚もの手拭いで拭わせた。仕来たり通りに新藁で髪を束ねようとすると、

「わちきは、乞食じゃないんだからさ、藁なんぞで結ばれたくないよ。佳右衛門様に合わせる顔がないよ」

と麻紐で結ばせた上に紅色の手絡で麻紐を隠させた。手絡とは飾り布だ。

ともかく莉紅が二階の自分の座敷に戻ったので、庭に面した縁側の髪洗い場にほっとした空気が漂い、莉紅が来る以前に千惷楼でお職を張っていた福梅が、

「なに様のつもりかね、突き出しのくせに態度が大き過ぎるよ。旦那と女将さんが甘やかし過ぎたんじゃないか」

と文句を言った。それに応じて朋輩の喜多菊が、

「あいつの頭の上から煮え湯をぶっかけたくなったよ。できないものかね」

「大いに賛成だね。ついでにばっさりと喉元なんぞを掻き切ってさ、鉄漿溝に蹴り込んでやるか」

「おたねさん、おまえさんが殺る前にこの福梅がやるでありんす」

と福梅が煽った。

そんな話を朋輩女郎から禿までがにやにや笑って聞いていた。

千駄楼の抱え女郎同士、決して仲がよいわけではない。だが、こと莉紅のこととなると全員が同じ考えであったから、話に勢いがついた。

「いえ、この喜多菊に一番槍を務めさせてくんなまし」

「いえいえ、番頭新造の山吹にやらしてくださいな」

むろん肚に溜まった鬱憤を吐き出す冗談だった。

なにより千駄楼の髪洗いは莉紅のわがまま放題で余所より一刻遅れだ。次から次に髪を洗い、乾かし、新藁で結ぶ作業にてんてこ舞い、そうしなければ七つまでには全員の髪洗いが済まなかった。

そんな間にも男衆の四之助らが薪をくべ、釜に新たな水を注ぎ、盥に汲み出して、頃合いの湯加減で髪洗いをなす。大忙しで目まぐるしい。そんな作業の最中に、皆が莉紅の悪口を楽しんでいたのだ。

禿まで髪洗いが辿りついたとき、すでに九つ（正午）前。それでもなんとか千駄楼の髪洗いも目処がたった。

「ふーう、ようやく今日のうちに髪洗いが終わったよ。本来、二十七日の髪洗いは女郎の楽しみ、楼も浮き浮きするものだがさ、なんたってうちのお職は言いたい放題わがまま放題の突き出し上がりときた。客も見る目がないね」

「おたねさん、男なんて人柄なんぞは関係ないのさ。あそこの締まりがよくてさ、よがり声が鶯なみの谷渡りを響かせればいちころさ」

「喜多菊さん、おまえさんも莉紅さんを真似て鶯の鳴き声で客をもてなしたらどうだい」

「おたねさん、意地がわるいよ、わちきの声はがらがら声でありんす。いくら鶯の鳴き声を真似ても、せいぜい家鴨の騒ぎ声。それにわちきはあいつの真似だけは御免でありんす」

「喜多菊さん、よう言うた」

お職のいない二階の縁側での作業が終わり、空気が一変してのんびりとした。ようやく釜番を終えた男衆が次々に、汗みどろの体を湯殿で流してくるよ、とその場から姿を消した。

「それにしてもうちの旦那、なんで突き出しにああ弱気なんだろうね。なにか弱みを握られているのかね」

「福梅さん、病でさ、昔の気迫は失せちゃったのさ。その上、若い女房に精力を吸い取られてさ、よいよいになっちまった。だからさ、突き出しなんぞに舐められるのさ。ああ、替われるもんなら、だれか大見世に鞍替えさせてくれないかね。年季明けはあと何年だったっけ」

「おまえさんみたいにそう薹が立っちゃ、どこの楼からも声はかからないよ」

「福梅の姐さん、おまえさんだってそりゃ同じでありんすわいな」

「あたいたちの落ちゆく先は九州相良じゃなくてさ、北国羅生門河岸の切見世（局見世）に決まりだよ」

　髪洗いを終えた二十七日の吉原では、

「髪洗い日は吉原も后まち」

　というべき風景があちらこちらで見られた。

　后町とは禁裏の常寧殿の異称で、禁中の後宮、皇后の居所であった。洗った髪を新藁か麻紐で結んだ姿がお垂髪に似ていたところから、この川柳が詠まれたそうな。

　三刻（六時間）後の暮れ六つ（午後六時）には夜見世が始まる。

　この日ばかりは吉原三千人の遊女が髪を洗い立てるが、ふだんの飾り立てた髪に結い上げるわけではない。それが素人女のようでいいと言う客もいた。また一方で各楼のお職ら売れっ子は特権を利用して、髪結を呼ぶことができた。

　吉原出入りの男髪結の吉次が千惷楼に走り込んできたのは、七つ半（午後五時）前のことだ。すでに盛り塩が表口の左右にしてあった。

「すまない、おたねさん。莉紅さんは怒ってねえかえ」

「怒るもなにも好き放題に髪洗いの場を引っ掻き回してさ、居続けの客と座敷籠りだよ。客の若旦那の手前、怒りはしまいよ。だいいちおまえさんは莉紅さんのお気に入りだ。ささっ、二階座敷に上がったり上がったり」

「ならば上がらせてもらうよ」

髪結の道具箱を提げて、吉次が、

とんとんとん

と大階段を上がって莉紅の角部屋へと向かった。

「莉紅花魁、髪結の吉次にございます。遅くなって真に相すみません。へえ、本日は釜日、あちらこちらに呼ばれてこの刻限になりました」

控えの間越しに吉次が声をかけたが、座敷から返事はなかった。そのくせ座敷に人のいる気配はあった。

「花魁、寝ておられますので。お客人、入らせてもらいます」

と言いながら、障子を開けて控えの間に入り、襖の向こうにもう一度呼びかけてから襖をすいっと開いた。

髪結の吉次の鼻腔に血腥い臭いがした。

「お、花魁、どうしなさった」

打掛を肩にかけた莉紅と客が対面して座り、互いに体を凭れかけ合っていた。

「こりゃ、失礼」

と視線を外そうとした吉次は、ふたりの膝の辺りに黒々としたものが溜まっており、その染みの上に、

ぽとんぽとん

と赤黒い水滴が莉紅の首筋から落ちているのを見た。

(ち、血や)

と言葉を呑み込んだ吉次は一瞬、頭が真っ白になり、身が竦んで声も出せなかった。それでも必死に声を張り上げた。

「た、大変だ。莉紅さんが客と、し、心中だ!」

吉次の喚き声が千惷楼の二階に響き渡り、一階の広間にいた遣手のたねの耳にも届いた。

たねはその場にいた番頭の田蔵を見た。

「なんだって、莉紅が佳右衛門の若旦那と心中したって」

「番頭さん、あの莉紅さんにかぎって心中立てなんてあるものかね。髪結の吉ったら、仕事が忙しくて見間違えたんじゃないかね、番頭さん」

ふたりは大階段の上を見上げた。

どたどたどた、と足音がして吉次が道具箱を提げたまま階段上に立って、

「し、心中」

ともう一方の手で奥を指した。

その途端、震える手から道具箱が落ち、大階段を転がって階段下から板の間に弾んで止まった。

「見間違いじゃないだろうね」

「お、おたねさん、じ、自分で確かめな」

と吉次が言葉を絞り出したとき、

「ひえっ、心中ですよ、莉紅さんが心中だよ！」

と叫ぶ二階廻しの四之助の叫び声がした。

「ほれ、見ねえ」

吉次が大階段の手すりに身を預けるようにして下りてきた。

「番頭さん、ど、どうするね」

たねの言葉に田蔵が大口を開けて茫然としていたが、

「わたしゃ、旦那に知らせるよ。おたねさん、面番所と会所に知らせを頼む」

「両方とも相性が悪いよ。おお、そうだ、吉さん、おまえさん、どうせこれで仕事は終わりだろ。面番所に知らせておくれな」

「おたねさん、おれも面番所は御免だ。会所なら知らせるよ」

「それでいい。急いで頼んだよ」

吉次が道具箱を拾って千惷楼から飛び出していった。


この日、釜日のせいで番方の仙右衛門も神守幹次郎も遅い出勤で、七つ過ぎに吉原会所に入った。待ち合わせたわけではないが、五十間道でばったり出会い、いっしょに大門を潜ったところだった。

ふだん昼見世帰りの客待ちをする駕籠屋の姿もなく、なんとなくのんびりとした大門の内外だった。

面番所の前には隠密廻り同心の村崎季光が所在なさげに立ち、懐手にした手を襟から突き出して無精髭の顎を撫でていた。

「ご両人、遅い出勤にござるな」

「毎月二十七日は、七つ半の出勤を許されております。村崎様もとくと承知のこと、なぜわれらより早くご出勤にございますな」

「八丁堀の役宅におっても病をひけらかす婆さんと金がない金がないが口癖の女房がうるそうて気が休まるわけではなし、致し方のうて早く出てきた。藁で結んだ髪の女郎の風情もなかなか悪くはないな。わしはごてごて着飾った遊女より洗い髪のほうが好みじゃ。神守幹次郎どのは、どちらが好みかのう」

「村崎どの、それがしに好みなどございません。ご存じのように汀女という妻女もおりますでな」

「妻女がいようといまいと男の欲心はあるものじゃ。そなた、片手に汀女どの、片手に薄墨太夫と、高嶺の花を抱えておるでのう、そのようにのうのうとしておるのだ。わしなどだれも洟も引っかけてくれぬわ」

「村崎どの、世間に誤解を招くような言動は慎んでくだされ」

「なにを気取っておる」

　村崎が応じたとき、江戸町二丁目の辻から髪結の道具箱を鳴らしながら男が血相を変えて走り出てきた。

「髪結の吉さん、なんだえ、えらく慌てているじゃねえか」

仙右衛門が尋ねた。吉次は口から言葉を吐こうとしたが、なかなか言葉にならなかった。

「どうしたえ。吉さん、落ち着きな。小便なら面番所の厠を借りるかえ」

仙右衛門が声をかけると、吉次が真っ青な顔を三人に向けた。

「ば、番方、心中だ」

「心中じゃと、だれがだれとなした」

村崎同心が詰問した。

「だ、だから花魁と、きゃ、客ですよ」

「心中は女郎と客のふたりでなすもんだ。どこのだれがだれと心中したかと訊いておるのだ！」

村崎季光に怒鳴られた髪結の吉次は、

「あああ」

とまだ驚きから抜け切れないようで、言葉が出てこない。

「村崎様、ちょいとわっしにお任せを」

村崎同心を制止した仙右衛門が吉次に向き直り、

「吉さん、どこで仕事をしていたえ」

と静かに問いかけた。

「ば、番方、せ、千惷楼を訪ねたところだ」

「というと、お職の莉紅さんの髪を直しに行ったんだな」

「そうだ。その莉紅さんがよ、座敷で客と向き合って血を流しているんだよ」

「未遂か」

「み、みすいって」

「莉紅さんも客も生きているのかと訊いているんだ、吉さん」

「ありゃ、生きている感じじゃねえな。ふたりして死んでるよ」

「おめえさんが最初にふたりを見つけたんだな」

「そ、そうだ。だって座敷に通ってよ、髪を結い直そうと遣手のおたねさんに断わって莉紅さんの座敷の襖を開けて見つけたんだ」

「およそのことは分かった」

と応じた仙右衛門が、

「吉さん、会所にいねえ。わっしらが様子を見てくるからよ」

と言い、村崎同心を促すように顔を見た。

「それがしも行かんといかぬか。ここんところ血腥い騒ぎが続いておって、いささか食傷気味だ。質商小川屋八兵衛一家と奉公人殺しも殺伐としておったぞ、裏同心どの」

「村崎の旦那のお出張りがあったほうが万事早く片づきますのでね」

仙右衛門は村崎同心の同行をはっきり催促した。

「致し方ないか」

と答えた村崎が、

「髪結、会所でしかと待っておれよ」

と念押しした。

頷く吉次に番方が、

「吉さん、うちの連中に事情を話してくれないか。わっしらは一足先に千惷楼に走るでな」

仙右衛門が言い残すと三人は面番所前から仲之町を進み、江戸町二丁目の辻で左に曲がった。

千惷楼は羅生門河岸に近い右手の、半籬の構えだった。布暖簾が掛かった表口の前に男衆がうろうろとしていた。

三人を見た男衆が暖簾の奥に声をかけた。

黙って暖簾を分けた三人の目に、女将と男衆に腕を支えられ、大階段から迷い迷い足を下ろしている旦那の右兵衛の姿が留まった。

右兵衛の顔には明らかに衝撃と動揺があった。それはそうだろう、突き出しの莉紅のお蔭で客足が戻り、千惷楼の復活が噂されていた最中に肝心要の莉紅が心中したというのだ。

「旦那、大変なことが起こったそうだな」

「ば、ばんかた」

と一語一語絞り出すように応じる右兵衛に、

「まずわっしらが座敷を見せてもらいます。よろしゅうございますね」

「お願いします」

と三人の横手から声がかかった。

番頭の田蔵だった。

「番頭さん、莉紅の座敷と聞いたが間違いないかえ」

「間違いございません」

「番頭さんは見なすったか」

「め、滅相もない。わたしゃ、血を見るのが大嫌いにございます。旦那様と女将さんが検分なさったところです」

　村崎同心がその言葉を捉え、

「右兵衛、なにも触ってはおらぬな」

　未だ階段の途中に両腕を支えられて立つ右兵衛がなにか言いかけたが、言葉にならず首をがくがくと縦に振った。

　番方がまず大階段に立つ右兵衛ら三人の傍らを、御免なすってと抜け、村崎同心が続いた。

　神守幹次郎は土間で藤原兼定を腰から外し、大階段の端に置くと右兵衛に両手を差し延べ、

「ゆっくりとでよい。動くほうの足から一段ずつ下ろしなされ。それがしがそなたの体を支えるでな」

　と腰を両手で支えた。

「す、すみま……」

「気遣いは無用じゃ」

　幹次郎は言いながら、一瞬右兵衛たち三人の体から血の臭いが漂ってきたのを感じ取った。血腥い現場に入ったのだ、致し方ないかと思いながらも、

「女将さんも莉紅さんの心中の現場を見なさったか」

「は、はい」

「四之助であったな、おまえさんも見たか」

「髪結の吉さんのあとにちらりと」

「座敷には入らなかったか」

「入れるものか」

幹次郎らはようやく右兵衛の体を一階に下ろした。

「た、たすかった」

「旦那と女将さんは座敷に入られましたかな」

「入りました」

女将のおなかが落ち着いた声で答えた。

「死んでおるのだな」

「首筋を切り合って」

「相分かった。それがしも莉紅さんの座敷を見せてもらおう」

と言い残した幹次郎は兼定を手にすると大階段を駆け上がった。

三

莉紅と客の直島屋佳右衛門は布団の上で座って向き合っていた。莉紅は剃刀を握った右手を相手の肩に置いた恰好で、佳右衛門のほうはだらりと手を垂らしたかたちでお互いが凭れかかって固まり、膝の傍らにふたつ目の剃刀が落ちていた。

座敷には村崎同心と仙右衛門がいて、行灯の灯りは油が切れ、灯心も燃え尽きていた。

だが、江戸町二丁目に面した障子から淡い光が差し込んで、悲劇の場を浮かび上がらせていた。

莉紅は床の間を背にして佳右衛門と向き合っており、ふたりの膝の間と夜具には黒々とした血溜まりができていた。

村崎同心は立って眺め下ろすようにふたりを見ていたが、仙右衛門は夜具に片膝をついてふたりを観察していた。

幹次郎も仙右衛門とは反対側からふたりの死人を検視した。

莉紅の洗い髪の麻紐と紅色の手絡の結び目から長い髪が背に散り落ちていた。

心中にしては潔（いさぎよ）いほどに覚悟の末の情死行に思えた。

莉紅の手に握られた剃刀の刃にはべっとりと血がこびりつき、佳右衛門の肩に血が垂れていた。莉紅が掻き切ったと思われる剃刀の傷跡は相手の首筋を見事なまでに深々と切り裂いていた。

紅てがら　あの世にわたる　髪洗い

幹次郎の胸奥に不謹慎（ふきんしん）にもそんな句が散らかり、消えた。

「どうですね、莉紅の負わせた傷は」

「深くて鋭い。剃刀を使い慣れた者でもこうはいくまい、番方」

「佳右衛門も莉紅の首を一気に引き切っていますぜ。これだけ迷いのない傷は滅多に見たことがございませんや」

ふたりの感想は同じだった。

幹次郎は莉紅の顔を下から眺めたが表情が見えなかった。そこで洗い髪をそっと握って顔を上げてみた。

凄い形相だった。顔が引きつって恐怖に歪んでいた。

莉紅が吉原に連れてこられたときに見た、人を蔑むような嗤いを思い浮かべた。あの冷笑を覗かせた美形はどこにも感じられなかった。口元にひと筋血が流れていた。

幹次郎は莉紅の口元に鼻を寄せて、臭いを嗅いだ。

「ふつう心中を試みる者はためらい傷をいくつか残すものだが、ふたりしてただひと切りです。驚きましたな」

ふたりの仏を挟んで向こうから仙右衛門が言った。

「だが、顔つきは尋常ではないな、この最期の表情はとてつもない恐怖で歪んだように思える」

幹次郎も応じた。

「裏同心どの、番方、心中未遂はよ、車善七の非人溜に落とされるんだぜ。ふたりはそれだけは避けたいという思いでよ、一、二の三で力いっぱいに引き切ったんじゃないか」

村崎季光が手拭いで口を押さえて言った。ために声がくぐもって座敷に響いた。

不意にどこからともなく清搔の調べが千惷楼の悲劇の場に伝わってきて、ふたりの男女の情死行に哀しみを添えた。

「ううーん、どうもな」

と幹次郎が思わず呟いた。

「どうした、裏同心どの」

「村崎どの、莉紅って女は突き出しでしたね」

「分かり切ったことを訊くねえ。それがどうした、裏同心どのよ」

「どうもな」

「なにが言いたい」

「刑期はどれほど残っておりました」

「一年とちょっとではございませんか」

仙右衛門が応じた。

「直島屋佳右衛門はどのような御仁ですね」

「さあてな」

村崎同心が言い、だれかいるかと廊下に声をかけた。

遣手のたねが廊下から控え部屋に顔を突き出したが、中には入ろうとしなかった。

「横川筋の船問屋の若旦那ですよ。先祖は淡路島（あわじしま）の出でさ、四、五代続いた船問屋ですよ。千石船（せんごくぶね）の荷役（にやく）と船用具の卸（おろ）しの老舗でね、商いも手堅（てがた）いって聞いてますし、客としては悪くないですよ」

「佳右衛門はいくつだえ」

「村崎様、たしか三十一、二と聞いたことがありますけど」

「連れ合いはいるんだろうな」

「同業から嫁をもらったんだが、一年足らずで夫婦別れして、この七、八年は独り身を楽しんできたそうな。親父様方は跡継ぎのこともある、何度も後添いをと願っていたそうですがね、頑（がん）として当分は嫁なんぞいらないって。莉紅さんのところに三日にあげず通ってきたんですよ」

「深川以来の客のひとりかえ、おたねさん」

「番方、その通りだよ。銭はある、男っぷりも悪くない。莉紅さんも客の中じゃ、格別に大事にしていた口だね」

「間夫（まぶ）というわけか」

「村崎の旦那、そう呼んでもいいよ」

「莉紅の刑期（つとめ）が明けたら、落籍（らくせき）する気はあったのか」

「若旦那はそのつもりだったんじゃないかね」

「莉紅は違うのか」

「そこがねえ、なんとも言い切れないんで。若旦那のほうが焦っていたんじゃないかね」

「おたねさん、莉紅には若旦那と競り合う相手がいたんじゃないかえ」

「番方、よう承知だね。鉄砲洲の竹問屋の旦那が直島屋と張り合っていたよ」

「肥後屋か。たしか疝気持ちの女房がいるってんで吉原通いをしてくる、男盛りの與太郎って、でっぷりとした大男だね」

「それそれ、その旦那も深川のころからの馴染なんだそうだ。こっちは病持ちの女房がいるってんで、莉紅さんをどこぞに囲いたいとかで、もう家の手当てはついていたそうだ」

「金のある奴はいいな、女郎を落籍して囲うだと。貧乏同心には夢の夢だぜ」

と村崎がぼやき、

「こいつら、どうするよ」

顎でふたりを指して仙右衛門を見て、さらに言った。

「覚悟の心中で望み通りにあの世に旅立ったんだ。女郎は浄閑寺に投げ込み、直島屋って船問屋には引き取りに来いと知らせを走らせるか」

面番所の同心村崎としては面倒をできるだけ避けたいところだろう。

「神守様、どうですね」

「やはりご検視はやられたほうがよろしかろうと思う。村崎どの、願えませぬか」

「裏同心どの、わざわざ面倒な手間を取ることもあるまい。直島屋から文句も出めえ。そおっとしてもらいたい口じゃないか」

と村崎が言い募った。

「おたねさんよ、莉紅にはもうひとり、厄介な相手がついていたんじゃねえか」

仙右衛門が骸の前から立ち上がり、控え部屋に行き、たねと対面して問うた。

幹次郎は独り心中の場に残り、莉紅の手に触れた。

手には温もりがわずかに残り、紙片の端が見えた。剃刀の柄を握ったのとは反対の手だ。幹次郎が引くと、すいっと紙片が外れた。村崎同心の姿ももはやない。

懐に紙片を入れ、悲劇の場から立ち上がった。

「番方、よう承知だね」

たねの声が幹次郎に聞こえた。

よ」
「正体の知れないお武家様でしてね、莉紅さんは城内の頭と呼んでいました
「だれだえ、厄介な相手というのは」

「深川以来の客かえ」

「それがなんとも謎めいていて、莉紅さんも城内の頭のことはなにも喋らないんですよ」

「城内とは、幕臣ということか」

「それも御庭番辺りかもしれませんぜ。あの御仁には陰供が何人か従ってやがる。たまさか五十間道で待ち受ける供を見た。黒地の羽織だが、たしかに得体が知れないや。ここは村崎の旦那、念には念を入れておいたほうがいい」

「くそっ」

と叫んだ村崎が、検視の手配を致すと言い残すとそそくさと千醬楼の二階から姿を消した。

「おたねさん、旦那と女将さんに会いたい」

番方が遣手に言い、大階段の下に待ち受けていた長吉に、

「小頭、この座敷にだれも立ち入らせるんじゃない。今、ご検視が入る」

と命じた。

帳場では長火鉢を抱え込むような恰好で右兵衛が座り、傍らに若いおなかが付き添っていた。むろん長火鉢に火は入っていない。

「旦那、女将さん、とんだことでしたね」

「り、りこうは、う、うちの、こめびつ」

と右兵衛が言葉を絞り出した。

「心中したにはわけがなくちゃならない。なにか心当たりはございませんか」

「莉紅が心中したなんて夢にも考えられませんよ。ただ今も旦那とそのことを話していたところです。相手の直島屋の若旦那の誘いを断わり切れなかったんじゃございませんかね」

とおなかが言った。

「若旦那には莉紅に執着(しゅうちゃく)する曰く(いわ)があったんでございますか」

「それを調べるのは番方、おまえさん方の務めですよ」

「いかにもさようでした。吉原の刑期(つとめ)が終わったら、客のだれぞが莉紅を落籍するなんて話がございましたか」

「うちじゃ、そのまま莉紅にいてもらいたかったんですがね、なにしろ朋輩の女郎から総すかんでしてね、お上から預かっているうちが限度。直島屋の若旦那がそうしてくれるんじゃないかと、思ってましたよ」

たねも右兵衛も同じ考えか、首を振った。

「となると心中するわけが分からねえ」

と話が元に戻った。

「たしか、突き出しの莉紅さんを名指しで七代目に願われたと聞いておりますが、なんぞ曰くがあったのでござろうか」

幹次郎が初めて口を利いた。四郎兵衛があるとき、ふと幹次郎に漏らしたのだった。ちょうど千嵅楼の突き出しの売れっ子ぶりが評判になり始めたころのことだった。

「いえね、旦那が占いだかなんだかで、深川に人気の女郎がいるって、それを吉原に鞍替えさせれば家運隆盛になるなんて聞き込んできたんですよ。そしたら、その直後に手入れが入って奉行所に捕まったってんでね、旦那が四郎兵衛様に願ったというわけでございますよ。そうでしたよね、おまえさん」

と最後はおなかが右兵衛に念を押し、がくがくと右兵衛が頷いた。そして、

「よ、よくお、思い出せな、ない」

と答えた。

「ともかく、うちはえらい迷惑ですよ。朋輩たちは喜んでおりましょうがね。番方、莉紅と客の骸を早く片づけてくださいな。商いに差し支えますよ」

「女将さん、人ふたりが死んだんだ。商売なんて当分無理と思うがね」

「だって、番方、心中なんだろ。ふたりして死んでいるんだ。いいじゃないか、浄閑寺に運んでおくれよ」

おなかは強引にも言った。

「女将さん、ただ今面番所の村崎様が検視の手続きをしておられます。まあ、今夜の見世開きは諦めてくだせえ。事と次第によっちゃ、二、三日商い停止を面番所からくらうかもしれませんぜ」

「う、うちがつ、つぶれる」

右兵衛が悲鳴を上げた。

幹次郎と仙右衛門は朋輩たちが集まってひそひそ話をしている大広間に向かった。

そこにいるのは番頭新造から振袖新造、それに禿で、女たちほぼ全員と思え、十三、四人を数えた。新藁で髪を束ねて後ろに垂らした女たちの表情は様々だった。騒ぎが起きて休めると思っている者、顔にこそ沈痛な表情を浮かべているものの、肚では、ざまあみやがれ、と考えていると推察される番頭新造の顔もあった。そこへ男衆たちもなんとなく集まってきた。

番方は莉紅が千惷楼に入る前にお職だった福梅に視線を向けて、

「とんだ釜日になったね」

と話しかけた。

「あいつの根性はうちらには窺い知れないからね、なにが起こっても不思議じゃないよ」

と福梅は伝法な言葉遣いで吐き捨てた。

「朋輩の中でも独り浮き上がっていたか」

「浮き上がっていたって。まるであたいたちが突き出しを苛めていたようじゃないか。そりゃ、番方、見方が違うよ。あいつが独り威張りくさって、あたいたちを人間扱いしてなかっただけのことだ。会所の番方なら、それくらいお見通しと思ったがね」

まあな、と応じた仙右衛門が問うた。

「最後に莉紅の姿を見たのはだれだえ」

「最前から皆で話しているんだけどさ、あいつが髪洗いをして引き揚げて以来、だれも姿を見てないのさ。だって、こっちはあいつのせいで、なんとも慌ただしい髪洗いですよ。あいつがどうしていたかなんて、だれも知りはしないよ」

と答えたのは喜多菊だ。

「だれも釜の前から離れた者はいないのかえ」

「ああ、だいたい釜の傍（そば）で洗い髪を乾かしたり、藁で結んだりしながら、あいつの悪口を言い合っていたから、皆が庭の縁側にいたよ」

山吹が答え、

「四之助さん、そうだろ」

と折りよく顔を覗かせた二階廻しに尋ねた。

「ああ、そうだ」

と答えた男衆が、

「待てよ。小栄（こえい）、おまえ、莉紅さんが煙草入れを忘れているってんで、届けなかったか」

と禿のひとりに訊いた。

千惷楼には一応禿がふたりいたが、大籬の三浦屋のように聡明（そうめい）で美形の娘を集めているわけではない。在所（ざいしょ）から連れてこられた十一、二の娘を突き出しとして売り出すまで、

「ただ飯を食わせている娘」

を恰好つけて禿と呼んでいた。三浦屋の禿のように英才教育を太夫から授けられた、ゆくゆくは楼の、

「米櫃」

になると期待されている娘とはだいぶ差があった。小栄はその禿のひとりで、捉えどころのない眼差（まなざ）しで四之助の問いに、

「ああーい」

と答えた。

「いつのことだね」

「莉紅さんが二階座敷に上がって四半刻（しはんとき）（三十分）もしたころかね」

「四之さん、半刻（一時間）は過ぎていたよ。だろ、小栄」

と姉さん女郎の喜多菊に念押しされた小栄は、

「覚えてないでありんす」

「なにが覚えてないでありんすだ。番方、そんな頃合いだよ」

と福梅が言い、一座が同様に頷いた。

「小栄、莉紅に煙草入れを直に渡したかえ」

番方の仙右衛門が尋ねた。

「いえ、襖の向こうから、『ほれ、見ねえ。朋輩が煙草入れをくすねたんじゃないよ、莉紅、おまえが下に忘れてきたんじゃないか』という客人の声がして、『そこに置いておくれ』という声がしましたんで、控え座敷の入り口に置いてきました」

「なんだって、あいつ、あたいらを盗人扱いしやがったのか」

山吹が怒り出し、ひと頻り女郎たちが死んだ莉紅を非難したり憤慨したりする言葉が行き交った。

「まあまあ、静かにしねえな。人ふたりが死んだ話だ。落ち着いてさ、おれに話を続けさせてくれないかえ」

と場を鎮めた仙右衛門が念を押した。

「小栄、おまえは莉紅の姿は見てないんだな」

「襖が閉じられた向こうにいなさった花魁も客人も見ていません。でも、莉紅さんが舌打ちして、『ちくしょう、だれかが盗んだに決まってるよ』という声を聞きました」

「小栄、なぜそんときあたいらに言わないんだよ。莉紅め、死んでも性悪女だよ。男はなんでこう見る目がないかね」

と福梅がぼやいた。

「小栄、莉紅の声に間違いないね」

「間違いないでありーんす」

と間延びした言葉が返ってきた。

「莉紅が髪洗いを始めたのが五つ、終えたのが五つ半（午前九時）の頃合いとすると、四つ（午前十時）過ぎに小栄が煙草入れを届けたことになる。それ以後、だれも莉紅の姿を見ず、声を聞いた者もいないんだな」

仙右衛門が一座の者に念押しした。だれもが黙ったまま首を縦に振った。

四

南町奉行所の使う検視医の尾崎岳南と村崎季光同心が姿を見せて、仙右衛門らの詮議は中断した。

「尾崎先生、ご苦労に存じます」

「番方、わしを呼ぶときは死んだ女郎の始末ばかりじゃのう。たまには薄墨太夫の脈なんぞを取らせる御用で呼んでくれぬか」

「おや、老先生にそんな元気がございますので」

「色欲の道ばかりは死ぬまでじゃ、それで吉原は食うておろうが。還暦過ぎの男は大門を潜らせないという決まりでもあるのか」

「まあ、ございませんな。尾崎先生、生きておる女郎の脈を取っていただく機会を設けますよ」

仙右衛門がいなすと、

「番方、おまえさんの嫁女は柴田相庵の右腕じゃったな。うちに鞍替えしないか。給金はそうは出せんが仕事は楽じゃぞ。柴田相庵のところほど患者は押しかけぬからな」

柴田相庵と尾崎岳南は、宮内典岳の同門の弟子だったから、口に遠慮がない。

「お芳と相庵先生とは養父養女の関わりにございますからな、まず養父を放って尾崎先生の下では働けませんや。それより、死人が先生にお出でお出でをしてますぜ」

仙右衛門が尾崎を座敷に追い込み、村崎同心が従った。仙右衛門が廊下にいた長吉に立ち会うように合図を送り、幹次郎を遣手部屋に誘った。

たねは未だ階下にいるのか三畳の部屋にはだれもいなかった。

仙右衛門がどかりと腰を下ろし、幹次郎も壁際に座した。

「心中と思われますかえ」

「煙草入れに執着する女子が心中するとも思えぬ」

「で、ございますね」

「殺しとみて間違いあるまい」

「検視でなにか見つかりましょうか」

「莉紅は口の端から血をひと筋流しておった。首筋を掻き切られた女の口から血が垂れるものか。それに血に混じって、なにやら臭いがしたような感じがしたが間違いか。

　ふたりは何か眠り薬のようなものを呑まされて朦朧としたところをあのような恰好をさせられて、他のだれかの手で掻き切られたのでは」

「臭いにはわっしも気づきました。ところが座敷に出入りするうちにあの臭いが薄れていった。尾崎岳南先生が気づいてくれるかどうか。先生、近ごろ、これまでの大酒が祟って、腕が落ちておるともっぱらの評判でございますよ」

「莉紅を憎んでおらぬまでも嫌っておる朋輩や男衆には事欠くまい」

　と幹次郎が話を進めた。

「それが殺しまでとなるとね、なかなか人は最後の一歩を踏み出せないものでございますよ」

　楼の中の朋輩の仕業ではないと仙右衛門は言っていた。

「この楼の主はなぜ莉紅に好き放題をさせていたのであろうか」

「弱みを握られていたと仰いますので」

「そうとしか考えられまい。深川にいた時分から右兵衛は莉紅と知り合いであったのではなかろうか」

　幹次郎の言葉に仙右衛門が黙って頷いた。調べてみるという首肯だった。

「莉紅は座敷でだれぞを待っていたのかもしれぬ」

ほう、という顔で仙右衛門が見た。

「佳右衛門もいっしょにですかえ」

「そこはいささかはっきりとせぬのだ」

幹次郎は、懐に入れておいた紙片を出して、仙右衛門に広げて見せた。

「かまび 八つ（午後二時）、れいのものをうけとりにいく」

なんとも乱暴な字に見えたが、書き慣れた者がわざと下手を装った感じがした。

「神守様、これをどこで」

「莉紅の掌にしっかりと握られていた」

「この言葉をどう解されますな」

「今のところ分からぬな。じゃが、八つ（午後二時）に訪ねてくる相手が危険な人物と承知していたからこそ、莉紅は客の佳右衛門を居続けさせていたのかもしれぬ。こちらも推察に過ぎぬが」

長吉が廊下に立った。

「番方、神守様、検視が終わったそうです」

「早いな」

「近ごろの尾崎先生は根気がございませんや。検視はどこもざあっとでございますよ」

と小声で言った。

仙右衛門と幹次郎が遣手部屋を出ると、尾崎岳南と村崎同心が莉紅の部屋から姿を見せた。

「ご苦労に存じます」

「番方、致し方ないのう。心中した者はどうにもなるまい」

「尾崎先生、心中にございますか」

「まあ、そのようなところかな。　女郎は朋輩から総すかんを食っていたというではないか。　突き出しの刑期もあと一年、吉原に残れる目処も立つまい。あれこれ悲観して、客を道連れにしたのではないか」

尾崎岳南は医師の職権を超えた推測までしのけて、心中と決めたようだ。

「そんなわけだ、番方」

「書き遺した文などはございませんので」

「ない」

「今ひとつ判然としませせぬな」

「尾崎先生は心中と言っておられる。死んだ者は生き返らぬでな。番方、直島屋に使いを立てよ」

と村崎同心が仙右衛門に命じた。

監督役所の面番所同心の言葉だ、頷く他にない。

「わっしら、今一度、右兵衛に会ってみたいと思います。それと莉紅の座敷を調べてようございますな」

「ほじくり返しても今さらなにも出ぬぞ」

と言い放った村崎同心が、

「尾崎先生、ご足労でござったな。大門まで送ろう」

と大階段を下りていった。すると階下で遣手のたねの声がした。

「うちの旦那がさ、気分が悪いとさ。ちょいと診ておくれな」

「わしは検視に招かれただけじゃ。手当て料はもらうぞ、それでよいか」

「強欲医者め、女将さんに掛け合いな」

というたねとの問答のあと、尾崎岳南が内証か奥座敷に向かった様子があった。

「では、莉紅の座敷を調べましょうか」

ふたりがふたたび莉紅の座敷に向かうと廊下に戸板が二枚、長吉らの手で用意され、若い衆が亡骸の運び出しの命を待っていた。座敷ではふたりが凭れ合った状態から離され、それぞれ仰向けに寝かせられていた。

莉紅の顔は乱れ髪で隠れてよくは見えなかった。だが、佳右衛門の形相は恐怖に歪んでいるのがよく分かった。

「尾崎先生の診立ては相対死だとよ、面番所の村崎の旦那もそう決められたのだ。骸は運び出していい」

仙右衛門が若い衆に言い、

「だがな、もはや夜見世が始まっておろう。仲之町に骸をふたつも通すわけにはいくめえ。千惷楼に、客の往来の絶える刻限までどこぞに安置させてくれと、掛け合ってくれないか」

「へえ、承知しました」

長吉がまず階下に下りていった。

金次らが戸板に骸を移していく。

それを横目に幹次郎と仙右衛門は莉紅の持ち物を調べ始めた。

三浦屋など大見世の太夫ではない、突き出しで吉原に入った女だ、そう持ち物はなかった。それでも箪笥、小さな長持があった。それに小戸棚などをふたりして丹念に調べた。だが、なにも見つからなかった。

莉紅は文箱に十七両余りを残していた。

おそらく客からの祝儀などが貯まったものだろう。これを見ても莉紅はなかなか腕のよい遊女だったことが分かる。

「怪しげなものは出てこぬな」

「こちらもですよ」

幹次郎の呟きに仙右衛門が応じた。

すでに莉紅と佳右衛門の骸は運び出されて、夜具だけがそのままに残っていた。

「神守様、だれぞわっしらの前に調べた感じがしませんかえ」

なんとなく他人の手が入った様子があり、また元通りに置き直した形跡があった。

「番方、間違いない。莉紅と佳右衛門が息を引き取ったあと、座敷を調べた者がおる」

「紙片に書かれていた例のもの、を見つけたのでしょうか」

仙右衛門が幹次郎の顔を見た。

「勘にしか過ぎぬが、莉紅がそう容易く見つかる場所に隠したとは思えぬ」

「わっしにもそう思えますので」

「こうやって見渡せるところは調べた」

幹次郎の目が血に黒く染まった夜具を見た。

佳右衛門は居続けをしていた。あるいは莉紅の手練手管に乗せられて居続けさせられていた。ゆえに夜具はそのまま敷き延べてあった。部屋持ちの女郎ならば、夜具を敷く場所はほぼ決まっていた。

「夜具をどかしてみませぬか」

幹次郎と仙右衛門は血で重くなった布団の両端を持ってずらした。血は畳まで染みて濡れそぼっていた。夜具との間にはなにもない。

「番方」

と長吉が戻ってきた。

「右兵衛の旦那にまた中気がぶり返したようだ。旦那や女将さんと話すどころじゃございませんぜ。番頭に断わり、納屋の土間に筵（むしろ）を敷いてふたりを並べ、線香を上げてきました」

「小頭、直島屋には使いを立てたな」

「へえ、金次を」

「まあ、慌てて駆けつけてきても夜半まで骸は出せまい」

「なんぞ怪しげなものは出ましたかえ」

「出ないな」

幹次郎は血に染まった畳の端に小柄を突き立て、畳をわずかに持ち上げてみた。

長吉が持ち上がった畳の隙間に手を入れて手伝い、畳を上げた。すると書き損じの反故紙が床板に敷きつめられているのが見えた。湿気などを避けるために敷かれたものだろう。

「うーむ」

幹次郎が反故の上を手で触り、それをどかすと古びた油紙に包まれた証文のようなものが床板の上に筏のようにきれいに敷きつめられているのが見えた。三通の油紙包みだ。

「番方、こいつが〝れいのもの〟ではないか」

「間違いございませんぜ」

並べられた証文と思しき書付を回収すると反故に包み、幹次郎が懐に入れた。

長吉が畳を元に戻し、夜具をまたその上に敷き延べた。

「畳を剥ぐのは女ひとりでできるものであろうか」

「なかなか難しゅうございましょうな」

と番方が答え、幹次郎が長吉に問うた。

「小頭、千惷楼の男衆の中に莉紅の使い走りをする奴はいないか」

「莉紅にかぎってそんな男衆がいますかね」

と首を捻った長吉がそれでも階下に下りて訊き込みに行った。

「旦那が倒れたとあっちゃ、引き揚げどきですかね」

「いったん退去致そうか」

幹次郎と番方が言い合い、大階段を下りると長吉と番頭の田蔵が土間で話し合っていた。千惷楼では、「心中」があった上に旦那の右兵衛がまた倒れたという。とても商いをするわけにはいかない。さすがに楼内は静かで、暗く重い雰囲気が漂っていた。

「番方、莉紅の意を汲んで動く男衆はいないそうですがね」

「女郎の座敷に入れる男衆はかぎられておりますよ。私か二階廻しの四之助くらいだ」

「こちらの中郎はふたりでしたね」

「熊八と猪助ですがね、莉紅は、熊と猪は在所者で全く気が利かないと何度も罵ったことがあるくらいですよ。使いをしたとは思えませんね」

中郎とは楼の内外の掃除の他にあれこれ細かい雑用をなす奉公人だった。

「とすると、莉紅の座敷に出入りする男衆はいないか」

「番方、莉紅は男衆になにを命じていたと思われるので」

「番頭さん、莉紅さんがちょいとした力仕事を頼むとしたら、だれかと思ってね」

「力仕事とはなんですね、うちは妓楼ですよ。女郎の座敷で力仕事なんてありますか」

番頭が番方に反問した。

仙右衛門は発見した書付の一件は未だ口にすべきではないと判断し、

「たとえば長持の位置を変えるとき、そんな用だよ」

「莉紅の部屋では以前から長持は場所を変えていませんよ」

「客の中で細々した莉紅の用を足す人物に覚えはござらぬか」

と幹次郎が口を挟んだ。

「裏同心の旦那、ああたも吉原の暮らしは長いはずだ。客は金を払って女郎の用を足しに来るわけではないからね」

番頭が幹次郎に口を尖らせたが、不意に口を噤んだ。

「どうしたな、なんぞ思い当たったか」

「うちの男衆でも客でもない。毎日のように出入りする男がいたよ」

「だれだい、その男とは」

「番方、按摩の杉ノ市だよ。莉紅は肩が凝ると言ってね、吉原に出入りの按摩を何人も替えた末に杉ノ市がこの一年はお気に入りでさ、二日に一度は必ず座敷で一刻余り揉み療治をさせてたよ。あのふたり、変わり者同士かね、奇妙に気が合ってよくお喋りしていたよ。もし莉紅が気を許す者がいたとしたら、あいつだね。目は見えないけどさ、按摩だ。腕力は強いよ。それなりの力仕事もできようじゃないか」

「杉ノ市が呼ばれる刻限はいつごろだえ」

「朝湯のあと、昼見世前のことだね。お職を張っていたからできるわがままだったけどね」

番方が幹次郎と長吉に合図して千惷楼の外に出た。

「杉ノ市を訪ねますか。この刻限ならば家にくすぶっておりましょう」

長吉が仙右衛門に問うた。

もはや夜見世が始まっていた。按摩に仕事のお呼びがかかるわけもない。江戸町二丁目にも素見（ひやかし）の客が大勢いて張見世（はりみせ）を覗き込んでいた。髪洗いのあとのお垂髪（すべらかし）がいいというので、ふだんより人の出が多くあった。

「角町（すみちょう）裏の蜘蛛道（くもみち）だったな」

へえ、と答えた長吉がふたりを案内するように江戸町二丁目から細く口を開けた蜘蛛道に入り込んだ。表通りから蜘蛛道に入ると、光から闇の異界に突然入り込んだようで、長吉、仙右衛門のあとに続いて、大刀（だいとう）を外して手にすると幹次郎はただ従った。

狭い辻を曲がり、蜘蛛道の中でも体を横にしなければ進めないさらに狭い路地の奥へと進む。

「ここのはずですよ、こう真っ暗じゃどうにもならねえ」

と闇から長吉の声がして、

「いませんかね、灯りも点（つ）けてない。ちょいとお待ちを」

とさらに奥に入り込んだ長吉が一軒先の住まいから種火（たねび）をもらってきた。種火を翳（かざ）して杉ノ市の家の戸を横に引き開けると、

「杉ノ市さん」

と呼びながら切見世よりも狭い三和土（たたき）に入り、種火で見当をつけながら上がり框（がまち）にある行灯に火を点（とも）した。

ぼおっ

と灯りが広がり、狭い住まいを照らし出した。

「なんてこった」

と長吉が呟いた。

「どうした、小頭」

「番方、ご覧なせえ。杉ノ市の部屋が荒らされて、あいつが縊（くび）り殺されていまさあ」

と言いながら長吉が路地に出て、ふたりに中を覗かせた。

狭いながらもきちんと片づいた畳の上で杉ノ市が仰向けに倒れ、首に麻紐がぐるぐる巻きにされていた。

「ちくしょう」

と毒づきながら仙右衛門が畳に上がり、杉ノ市の生死を確かめた。

「神守様、まだ体が温（ぬく）うございますよ。わっしらが千蕎楼にいる間のことですよ」

「番方、莉紅と直島屋佳右衛門を心中に見せかけて殺した輩が、杉ノ市の口を封じるために殺したのだな」

「間違いございませんや」

と答えた仙右衛門が、

「一日で三つも仏を抱え込んでしまった」

とぼやいた。

第二章　警告

一

　釜日が終わろうとする深夜、吉原会所の土間に三つの骸が並んでいた。

　むろん心中と検視医の尾崎岳南に認定された千惷楼の遊女莉紅と客の直島屋佳右衛門、それに按摩の杉ノ市の三人の亡骸だ。

　新たな事実に面番所の隠密廻り同心村崎季光は、

「なんだと、いったん相対死と決まった突き出し女郎と客の心中は殺しじゃったと、さような面倒をどこのどいつが探り出してきた」

　と幹次郎と仙右衛門を睨んだ。仙右衛門が黙って自分たちを指すと、

「なんだ、そのほうたちか」

と眼前のふたりを恨めしそうに村崎は見た。

「按摩の杉ノ市と莉紅には親しいつながりがあったのだな」

「ご存じのように村崎様、莉紅は千惷楼で売れっ子でしたが、朋輩たちとは犬猿の間柄、だれも莉紅の側に立つ者はいなかった。杉ノ市だけが話し相手でございましたからな。こたびの心中仕立てに杉ノ市の殺しが関わっていることは大いに考えられましょう」

「ちくしょう、厄介ごとを引き出してきおって。按摩ひとりくらい病死かなにかにできぬのか」

「按摩だろうとなんだろうと吉原に住んで暮らしていた者ならば、その死の原因を探り出すのがわっしらの務めですぜ、村崎様」

「よし、調べたければそなたらが調べよ、改めて検視など無用だ。だがな、たしかな証しが出て、下手人が挙がったときには真っ先にそれがしに知らせよ。それでいいな、番方」

へえ、と番方が受けて、三つの骸を吉原会所が預かることになった。

検視済みの骸だ。知らせに応じてまず深川の船問屋直島屋の番頭や若い衆が骸を引き取りに来た。

引け四つ（午前零時）前のことだ。

最前から吉原会所の七代目頭取四郎兵衛が直島屋番頭の海蔵を奥座敷に呼んで、当初心中沙汰と断定された経緯と、その後、殺しに転じた事情の説明をしていた。会所が面番所の出した結論をひっくり返して相対死説から殺し説に転じた背景には、莉紅が一日置きに部屋に呼んでいた按摩が縊り殺されたことが関係していた。そんな経緯を聞かされた直島屋の番頭の海蔵は日に灼けた顔に怒りを溜めて、

「今さら心中が殺しに変わったといって、うちにとって災難以外のなにもんでもありませんよ。深川仲町なんぞのすべた女郎に縁を持ったのが若旦那とうちの不運の始まりです。あんとき、やれお上の手が入ったと聞かされ、これで縁が切れたと思ったら、すべたが吉原に突き出しに出された。そこまではいい。ですが、若旦那にどこでどう連絡をつけたか、またすべた女郎との縁ができちまった。なんのために私たちが苦労したんだか分かりゃしませんよ」

と憤怒を抑えた口調で言った。

同席していた仙右衛門も幹次郎もいささかこの言葉に不審を抱いた。

「番頭さん、直島屋では莉紅と切れることを望んでおられたか」

四郎兵衛が訊いた。

「当然ですよ。四代続いた船問屋直島屋の跡継ぎなんですからね」

「そこでお上に深川仲町の手入れを願われた」

四郎兵衛も幹次郎らと同じことを考えていた。

はい、と番頭の海蔵は躊躇もなく答えていた。

「うちに出入りしている御用聞きがいるんでね、鼻薬を嗅がせて奉行所に手入れをさせました」

海蔵は深川の岡場所の手入れの背景が直島屋にあることを平然と告げた。

「その結果、手入れを受けて、莉紅は深川仲町を出ざるを得なくなったというわけでございましたか」

「そこまでは上出来だったんですけどね。どこでどう焼けぼっくいに火がついたんだか」

「そのことを若旦那はどう思っておられたんで」

「うちがお上に入れ知恵したってことをですか」

「はい」

「吉原から呼び出されてまた縁が戻ったあと、うちで若旦那と大旦那が激しい言い争いをなさり、ついふた月か三月前に大旦那は跡継ぎを嫡子の佳右衛門様から次男の幾次郎様に替えることを親類一同の前でお話しになって、一同はそのことを認められました」

「佳右衛門様はもはや直島屋の跡継ぎではないとなると、遊ぶ金子に困っておったのではないですかえ」

「だからって心中をする勇気なんぞ、うちの若旦那にかぎってございませんよ。会所が最初、そう考えられた判断が大甘ってことですよ。ともかく、骸を引き取ってようございますね」

「結構です」

「番頭さん、下手人は必ず会所の手で挙げます」

「大旦那はこれ以上、若旦那の行状が世間に知れることを望まれますまい。すべては莉紅なんてすべた女郎に引っかかったのが間違いの始まりです。吉原の会所もそのへんを察してくださいな」

と吐き捨てた。

四郎兵衛らはしばし黙っていた。すると海蔵がまた口を開いた。主からくれぐれも念を押されてきたのか。

「吉原も吉原だ。深川仲町にいたすべた女郎を受け入れるなんて、いくら金を稼ぐのが商いとはいえやり過ぎですよ。なにが官許だ、御免色里だ。胡座の搔き過ぎで、商いの本道が分からなくなっておられるんじゃありませんか」

「番頭さん、ちょいと言い過ぎですよ」

四郎兵衛が言い返した。

「なにが言い過ぎです」

「うちが突き出しを受け入れるのはお上の意向を受けてのこと、銭金の問題ではございません。それに番頭さん、莉紅が吉原に入るようになったのは直島屋の番頭さん、ああた方の企てがあってのことですよ。吉原で三人が殺されたんです、なにがなんでも下手人を突き止めます。直島屋の大旦那にそうお伝えください」

舌鋒鋭い四郎兵衛の反撃に遭って、海蔵が黙り込んだ。

しばし座を重苦しい沈黙が支配した。

「番頭どのは莉紅に会うたことはござるか」

と幹次郎が尋ねると海蔵が幹次郎を見て、

「いえ、深川界隈のすべた女郎に用はございません」

と言い切った。

幹次郎に代わり、番方の仙右衛門が尋ねた。

「番頭さん、跡継ぎの幾次郎さんはどんなお方です」

「それがこたびのことなにか関わりがあるんですか」

「いえね、直島屋さんのことを思うたものですからね」

海蔵が仙右衛門の顔を正視し、言い過ぎたことを繕うように答えていた。

「兄さんと違い、十五、六の歳から船問屋の仕事を身体で覚えてこられたお方です。船問屋は荒くれ者の船頭や水夫を相手にします、幾次郎さんは腕力だって荒くれ者に引けを取る人じゃあありません。もう直島屋の身上を継がれてもちゃんとやってゆかれます。といって、頭取、幾次郎さんがこたびの一件に関わりがあるなんて考えてないでしょうね」

「いえ、さようなことはこれっぽっちも考えていませんよ、余計な問いをなしたようですな」

「念を押しますが、若旦那の骸を引き取ってよろしいですね」

「よろしゅうございます」

四郎兵衛の一言で番頭が立ち上がり、仙右衛門が立ち会うために従った。

その場に残ったのは四郎兵衛と幹次郎だけだ。

「お上の命ゆえ官許の吉原はかような騒動も引き受けなければなりません」

と言い訳するように呟いた四郎兵衛が、

「長いこと吉原で生きてきましたが、お上から預かった突き出し女郎が殺されたってのは初めてのことですよ。それも馴染客との心中を装い、殺されたなんてね。出入りの按摩の杉ノ市を縊り殺してまで、下手人はなにをしようとしたのですかね」

「七代目、おそらくこの三通の証文だか書付と関わりがあることでしょうね」

と油紙に包まれた書付を幹次郎は懐から出して、四郎兵衛の膝の前に置いた。

「かようなものがどこから出て参りました」

「莉紅の座敷の畳の下からでございます」

幹次郎は書付を見つけた経緯を四郎兵衛に告げた。

「ほう、畳の下ね」

「莉紅と佳右衛門が心中仕立てに殺されていた夜具の下の、そのまた畳の下に隠されていたのです」

「油紙の中をご覧になった」

「いえ、千惷楼のついでに杉ノ市の住まいに寄り、もうひとつ骸を見つけたものですから、読む暇はございませんでした」

「中を披(ひら)いてよろしいのですか、神守様」

「殺しの因(もと)が認(したた)めてあるとよいのですがね」

幹次郎の言葉を受けて四郎兵衛がかなり古びた油紙を披くと、一通目の書付証文が出てきた。

四郎兵衛が書付をめくると、

「ほうほう、これはこれは」

と言いながら一通目を読み、幹次郎に渡した。文言(もんごん)の初めは、

起請文(きしょうもん)
梵天帝釈(ぼんてんたいしゃく)、四大天王(しだいてんのう)、総日本国中六十余州大小神祇(しんぎ)に誓い、仍(よって)起請状如件(くだんのごとし)

とあった。

二通目、さらには三通目も同じような起請文であった。

幹次郎が三通目の起請文を黙読し終えたとき、仙右衛門が座敷に戻って、四郎兵衛と幹次郎の間に広げられた三通の書付に目を留めた。

「なんぞ分かりましたか」

と腰を下ろした。

「番方、どれも今から二十年前の明和七年（一七七〇）庚寅の五月初めの日付の起請文ですよ。認めた男は三人とも違うが、起請文を送った相手の女は、深川仲町奈良屋のおみねだ」

「なにを三人の男たちに認めさせたんでございますか」

仙右衛門が三通目の書付に目を落としながら訊いた。

「奈良屋のおみねが産みし娘りんの父親たることを認め、二十歳となった折りにはそれなりの家財を譲渡することを起請する、といったどれもほぼ同じ文言ですよ」

「りんとは莉紅のことですか」

「と想像できますな。莉紅は三通の起請文で父親と目された三人ともか、そのひとりかに起請文の存在を教え、家財の一部を譲渡せよと迫った結果、殺されたのではあるまいか」

「となると、おみねは当然莉紅の母親ということになるのでしょうか」

「神守様、間違いございますまい」

四郎兵衛が答えた。

仙右衛門が三通のうち、一通の起請文を手にして目を通した。

父親として起請文を認めたのは、

勘定吟味役伊奈秀直
油商安房屋継四郎
柘植芳正

の三人だった。

「勘定吟味役の伊奈様はただ今の勘定奉行様かと思う。油商は南油町の老舗の安房屋様の当代ではないかと思われる。三人目の柘植芳正様だけが肩書きなしで、何者か不明です」

物知りの四郎兵衛が披露し、

「莉紅ことりんは三人それぞれに起請文を買い取れと掛け合いの書状を送りつけたか、使いを立てた。使いの場合、その役目は按摩の杉ノ市ということになろうか」

と念押しした。

「七代目、このような推察は成り立ちませぬか。杉ノ市が莉紅の使いをなしたとしたら、起請文を莉紅から預かっているのではないかと下手人が疑い、家探ししたが何も出てこないので、口を塞いだ。むろん起請文が見つかったとしても杉ノ市は始末されたでしょうな。莉紅と佳右衛門のふたりを心中に仕立てて殺した手口といい、杉ノ市の殺しといい、非情極まる下手人でございますな。勘定奉行や大店の旦那にできるこっちゃございませんよ」

仙右衛門の推察に四郎兵衛が大きく首肯し、幹次郎を見た。

「最前から沈黙しておられますな」

「いえ、考えが浮かびませんので」

「そういうときの神守様の指摘が怖い。思いつきで結構です、お話しなされませ」

「こたびの騒ぎ、分からぬことだらけです。二十年前、おみねなる女子がひとりの娘りんを産み、付き合っていた三人それぞれから父親と認める起請文を取ったことはたしかでございましょう。幕臣の勘定吟味役やら油商の主やら、柘植某の身許は分かりませんが、三人には思い当たることがあった。なぜ三人して金銭で解決できなかったのか、幕臣の身分や大店を揺るがす起請文を認めてなぜ残したのか」

「そこがどうも分かりませんな、神守様」

「番方、分からぬといえばおみねは存命なのでしょうか」

「それは存命ではありますまい。ゆえに娘の莉紅ことりんがこの三通の起請文を母親から譲り受けた」

「おみねがあるとき、金子に困ってだれかに譲ったとは考えられませんか。まあすべて推察に過ぎません。はっきりしていることはこの起請文が未だ生きておって、三人の命を奪ったことです」

幹次郎の言葉に七代目と番方が頷いた。

「明日から莉紅について調べます」

と仙右衛門が言い、

「待てよ、うっかりしていた」

と七代目が漏らした。

「突き出しなれば面番所に莉紅の履歴所業を記した遊女請状がありましょう。それには莉紅の生まれ在所、生まれた月日、本名、母親の名が書いてございませんか」

「迂闊でした」

と応じた仙右衛門が、明朝にも調べると即刻請け合った。そして、

「神守様、わっしは今晩会所に泊まります。明日の未明にふたつの骸の始末をつけますんでね」

と幹次郎に言った。

「ならばそれがし、これにて失礼致そう」

「夜半までご苦労にございましたな。村崎様が参られるのは四つ時分、その刻限に面番所でお会いしましょうか」

仙右衛門の言葉に幹次郎は頷いて立ち上がった。

金次に送られて幹次郎は潜り戸を抜けた。

夏の夜半過ぎ、五十間道に人影はなかった。

一日じゅう、血腥い骸三つと付き合って、体じゅうが血の臭いで染められたようだった。そのため、日本堤（土手八丁）に上がらず外茶屋の間を抜けて浅草田圃に出た。

夜風に当たり、少しでも血の臭いを薄めようと考えたからだ。

汀女は黙っているが、幹次郎が身に血の臭いをつけているときは敏感に察した。

（戻ったら井戸端で水浴びをするか）

そんなことを考えながら土橋を渡り、稲穂がだんだんと実を膨らませ始めた田圃に目をやった。

薄い月明かりが浅草田圃の間の小道を行く幹次郎を照らし出した。

その瞬間、背後から走り寄る複数の足音を聞いた。追いかける者にしては足音を響かせていた。

殺気は感じなかった。だが、それだけに訝しいとも思った。足音はさらに接近してきた。

振り返るか、迷った末に幹次郎は咄嗟に前方に走り、間合を開けると、

くるり

と振り返った。

三つの白い影がふわりと足を止めた。身のこなしが軽やかだった。ならば騒がしい足音はなぜなのか。

白衣白覆面からして、ただの武家とは思えなかった。

忍びか御庭番の類か。それにしてもなぜ目立つ装束なのか。

「なんぞ用か」

幹次郎は手にしていた菅笠を道端に置いて、ふたたび向き直った。

だが、一瞬にして白い影は消えていた。目を離した隙はせいぜい寸毫の間であろう。にもかかわらず浅草田圃を抜ける小道からいなくなっていた。むろん隠れる場所などどこにもない平地だ。気配もなく現われ、姿を消した。

ふと背に気配を感じた。

振り向いて構えを元へと戻した。するとそこに三つの白い影が十間（約十八メートル）ほど先にいた。

（幻夢を見たのか）

一瞬にして幹次郎を挟んで後ろから前へと場を変えていた。

「驚くべき芸をお持ちかな」

幹次郎の嘆息を聞き流し、三つの影は無言を貫いた。

「それがし、長い一日であった。長屋に戻り、しばし休息を取りたい」

幹次郎は視線を白い影に釘づけにして、その場にしゃがむと菅笠を摑んだ。

「千惷楼の莉紅がことか」

「やめておくことだ。神守幹次郎ばかりか、そなたの女房、いやさ、薄墨太夫に吉原までもが痛手を受けることになる」

「吉原は官許の色里、そこを江戸町奉行所面番所に代わり監督差配してきた会所にござる。その一員として七代目の命に従い動く」

「警告は一度まで。この次はそなたの死の刻」

「楽しみにしておる」

三つの影が白衣を摑み捨てると虚空に投げた。

幹次郎はその動きを見ていた。

虚空の白衣も小道に立つ三つの影も闇に吸い込まれるように消えていた。

二

翌日の昼前の刻限、神守幹次郎と番方の仙右衛門は、吉原会所の御用達と呼んでもいいくらいに昵懇の今戸橋際の船宿牡丹屋の猪牙舟を仕立てて、大川（隅田川）を下っていた。

船頭はお馴染の政吉だ。

今日も強い日差しが大川を照りつけていた。

幹次郎は着流しに藤原兼定を一本だけ差し落とし、白地の単衣を着て、菅笠で日差しを防いでいた。

昨晩、戻った幹次郎を汀女が迎え、

「おや、また騒ぎが起こりましたか」

と尋ねた。

「姉様、わが身に血の臭いがこびりついておるのであろう」

「そうではございません。召し物についておるのです」

と応じた汀女は土間で幹次郎の袴と単衣を脱がせ、

「明日、陰干しにして臭いを消しておきます」

「ならば、この足で井戸端に行って水を被ってこよう」

汀女が湯屋に行くように仕度していた手拭い、着替えを上がり框の端から取って渡した。井戸端で音がせぬように水を被り、下帯から着替えた幹次郎は、ようやく長屋に上がった。

「お疲れの様子ですね。なんぞ起こりましたか」

近ごろ、浅草寺門前並木町の料理茶屋山口巴屋を実質的に任され、遊女たちに読み書き、和歌俳諧などを教えるために吉原の大門を潜る他には、吉原に足を向けることのない汀女だった。

「うん、千惷楼の突き出し女郎の莉紅が客といっしょに殺されたのだ」

「それは大騒動ではございませんか」

「最初は心中沙汰に見せかけてあったがな、殺しと分かったのだ」

幹次郎はざっと騒ぎの内容を話して聞かせた。こうすることによって、頭の中の整理がついたし、汀女から思いがけない指摘を受けることもあったからだ。

「突き出しが半籬とはいえ、お職になること自体大変珍しいそうですね。あの莉紅さんは格別に男心を惹(ひ)くなにかをお持ちだったのでしょうね。幹どのはどう思われます」

「それが、生きておるときは一度見かけただけでな。死んだ顔からは苦悶(くもん)の形相しか見えなかった」

「私は承知しておりましたよ」

「えっ、姉様と付き合いがあったか」

「手習い塾に一度だけ見えられたことがございました」

「一度だけとな。朋輩とうまく付き合いができぬ女ゆえ、手習い塾の居心地が悪かったのであろうか。それとも深川の岡場所上がりゆえ、姉様の教えることについてこられなかったか」

「幹どの、突き出しゆえにそのように捉えるのは間違いの因になります。莉紅さんの手蹟はなかなかのもので薄墨太夫も感心しておられました。文を書かせてみましたが、非の打ちどころもなく注意する点もございません。あのお方、口汚い言葉遣いなどの評判とは違って、武家方の育ちではございませぬか」

と汀女が思わぬことを告げた。

「姉様、よいことを聞かされた。明日よりそのことを念頭に調べに入る」

と約定した幹次郎はすでに敷かれていた布団に転がり込むと、直ぐに寝息を立てて眠りに落ちた。

・

幹次郎は三刻ほど熟睡し、朝湯にも行ったから爽やかな気分だった。

だが、じりじりと照りつける日差しは強くなり、また一日汗を掻きそうな気配を見せていた。

昨夜の約定通りに仙右衛門と幹次郎は面番所で落ち合った。

四つの刻限で、村崎季光はすでに小者の淹れた茶を喫していた。

「なんだ、朝っぱらから会所のお歴々が揃ってうちに姿を見せるとは、昨日の騒ぎにまた展開があったか。これ以上、面番所は仏を抱え切れぬぞ」

村崎が応じたが、骸ひとつ面番所は抱え込んでいない。

すべて吉原会所におんぶにだっこの面番所だった。だが、吉原が町奉行所の管轄下にあり、監督を受けている以上、面番所がいくら手抜きしようとも大事にするしかない。会所が実質的な廓内の治安、警備、探索をなすことのほうが、万事都合がよかったからだ。

その点からいえば南町奉行所隠密廻り同心村崎季光は吉原にうってつけの役人といえた。崇め奉り、ときに鼻薬を嗅がせれば、すべてが会所に任されたからだ。

「そうではございませんよ。莉紅の吉原入りに合わせて、あの女の過去書きがついてきているはず、そいつを見せていただきたいので。深川仲町で手入れを受けたのは分かっていますが、どこの生まれか、本名はなんというのか、親はだれか、そんなことが知りたいのでございますよ」

「ああ、そんなことか。過去書きはついておる。あの女が大門を潜った折りに突き合わせたでな。待て」

土間にふたりを待たせた村崎同心が奥座敷に接して設けられた文庫に入ってい

った。

「番方、神守の旦那、茶をどうぞ」

村崎に付き添う小者の星五郎がふたりに茶を供してくれた。

「これは相すまぬ。手間をかけるな」

幹次郎は星五郎に言葉をかけた。

「いえ、日ごろからうちの旦那が会所には世話のかけ通しだ。その上、手柄を譲ってくださるので、うちの旦那が奉行所で大きな顔ができますんで、これくらいしなくちゃ。ほれ、質商一家と奉公人七人が殺された騒ぎでも奉行所はおふたりに世話になったのでございましょ。定町廻り同心の桑平市松様とうちの旦那にお奉行から報賞金が出たのもすべては神守様方のお蔭だ」

「おや、星五郎の父つぁん、あの一件で奉行から村崎様方は褒められたのかえ、なによりのことだ。それにしてもわっしらには一言もねえな」

仙右衛門が苦笑いした。

「番方、楼の外のことについてわれらが動いておることには奉行所では知らぬふりを通しておられる。われらの世間での探索は表立つことはない。あってなきが如しでござろう」

「それにしても水臭い」

仙右衛門が答えて、茶碗に手を差し伸ばした。

村崎同心は幹次郎らのところになかなか戻ってこなかった。そればかりか見習い同心を呼んでいっしょに文庫を引っ掻き回している気配がした。

四半刻も過ぎて、村崎同心が額に汗を光らせて戻ってきて、おかしいぞと言った。

「莉紅の請状だけが失せておるのだ。わしはあいつらが大門を潜った折り、一人ひとり書付と照合したから覚えておる。とくに莉紅は他の突き出しとは雰囲気が違っておったでな、はっきりと覚えておった。他人を見下すような眼差しとあの若さに美形だ。深川なんぞにおると、あのような人を見下したような目になるのかな」

一気に村崎同心がぼやいた。

「莉紅の請状だけが失せたと申されましたが、お文庫のどこぞに紛れておるのでござろうか」

「裏同心どの、お文庫とご大層な名で呼ばれておるが、広さ一畳半ほどの棚じゃ。むろん扉はついておるし整理もついておる。紛れることなどない。ところがいくら探したとて、あやつの過去書きだけがない。どういうことか」

「莉紅の出生に関心を持った者がいるということではございませんか」

幹次郎の問いに村崎同心が、

「そうとしか考えられぬ。廓内の面番所に盗人が入るなど考えてもおらぬ。ためにしばしば無人になることもある。そんな折りに侵入した者がおるのか」

「村崎様、莉紅は相対死なんかじゃない。なんぞ曰くがあっての殺しである線がいよいよ強まりましたな」

「番方、殺しをなした者が莉紅の過去書きを奪っていったというのか」

「へえ」

三人が土間で互いの顔を見合った。

「莉紅の過去書きが失せた一件、しばらくわれらだけの内緒にしておこうか」

と村崎が幹次郎らに言ってのけた。むろん保身を考えての言葉だ。

ふたりは無言で頷いた。

政吉の操る猪牙舟は新大橋(しんおおはし)を潜ろうとしていた。

最前から黙って考えごとをしていた仙右衛門が、

「莉紅って突き出し、どんな秘密を抱え込んで吉原に来たんでしょうな」

と自問するように呟いた。

「分かっておることは、莉紅の母親が深川仲町奈良屋のおみねという女子だったことと、父親と目される男が三人いて、おみねの娘に家財の一部を譲るとそれぞれが約定していたことだけですよ、番方」

「莉紅の出生の秘密がこたびの殺しを引き起こしたと申されるので」

「そうとしか考えられまい」

「あの気の強い莉紅を心中仕立てに直島屋佳右衛門を巻き込んで殺した手口、そして按摩の杉ノ市にまで手を伸ばし、始末した大胆さ、さらには面番所に侵入し莉紅の過去書きを奪い去った一件と、こいつは吉原を常に見張ってなきゃできないことですぜ」

「それがしも、こたびの莉紅殺しの背後に得体の知れない一党がおることは察しておる」

と前置きした幹次郎は昨夜の浅草田圃で白衣の三人に出くわしたことを伝えた。

「そいつはまず四郎兵衛様に話すべきことだったのではございませんか」

仙右衛門が幹次郎に注意した。

「分かっておる。そこで姉様から玉藻(たまも)様に伝え、玉藻様から四郎兵衛様と迂遠(うえん)の方法じゃが知らせた。今ごろはそれがしの身に起こったことを承知しておられよう」

「神守様、そこまで注意されるということは、うちの会所内に白衣の密偵か手引きする者が紛れておるということですかえ」

「仲間を疑うのは許されることではない。されどこたびの連中、いささか勝手が違うと思うたゆえ、そのような策を取った」

ふうっ、と大きな息を吐いた仙右衛門が、

「百戦錬磨(ひゃくせんれんま)の神守様がそこまで考えられた相手です。わっしらの身辺でなにが起こっても不思議はねえと考えざるを得ない。莉紅はいったい何者ですかね」

「そこにこそ、こたびの一連の殺しの大本(おおもと)がある。番方、深川仲町とはどんな岡場所か」

「深川仲町は正しくは永代寺門前仲町(えいたいじもんぜんなかちょう)の略にございましてね、その名の通り永代寺門前から西に向かって広がり、蛤町(はまぐりちょう)、黒江町(くろえちょう)、加賀(かが)藩前田(まえだ)家抱(かかえ)屋敷、永代寺門前山本町(やまもとちょう)に囲まれた一帯でございますよ」

幹次郎は仙右衛門の説明で直ぐに水辺に囲まれた町並みを思い浮かべた。

東西に短冊形に広がる通りは流鏑馬が行われていたこともあり、馬場通りと呼ぶこともあった。

「お店としては鼈甲屋の東屋があり、そのために鼈甲櫛笄商の河内屋をはじめ、同業が並んでございましてな、深川界隈の女郎は河内屋の鼈甲の飾り物を頭につけるのが自慢なのでございますよ」

「あの界隈に何軒か吉原の仮宅があったかな」

天明七年（一七八七）の吉原炎上で何軒かの吉原の妓楼が深川界隈に移り、仮宅商いをしていた。だが、深川仲町に仮宅があったことは幹次郎の記憶にない。

「待ってくださいよ、神守様。深川仲町に吉原から仮宅を開いた楼があった。どこだったたっけ」

と自問する仙右衛門に、それまでふたりの問答を聞き流していた政吉が、

「番方、口を挟んでいいかね」

「父つぁん、なんだね」

「深川仲町に仮宅を出したのは千歳楼だよ。まだ元気だった右兵衛の旦那を何度か油堀まで送り迎えしたから承知していらあ。むろん仮宅をこさえている間のことだがね」

「そうか、千惷楼は深川仲町に縁があったか」

三年前の天明七年の吉原炎上を思い出したか、呟いた。そして、幹次郎に視線を向け直し、

「深川界隈には、大新地、新石場、古石場、櫓下、アヒル、お旅所、土橋、常盤町といろいろ岡場所が散ってございますが、仲町もそのひとつにございましてね、女郎が揃っているってんで、昼夜五切で十二匁、昼の八つ過ぎから夜明けまで通しで七十二匁となかなか高い。また吉原より仕来たりがないだけ心安いというので、大名屋敷の中級以下の侍が通うところにございますよ」

つまり吉原の千惷楼と深川は仮宅時代に縁ができていたと推量された。

「莉紅が手入れをくらったのはなんという名の女郎屋でしたな」

「わっしに覚えはないんだが、父つぁん、知っているかえ」

仙右衛門が政吉に訊いた。

「お役人から聞いたが、奈良屋といったかね。黒江町に接した八百喜が代替わりして奈良屋、今じゃまた新・八百喜と名を変えて女郎を四、五人入れて商っているよ」

「さすがは父つぁんだ、伊達には歳を取ってねえや」

「褒めるねえ、なにも出ないよ。番方、神守様、狭い猪牙の上だ、聞かないふりしても話は入ってくらあ。でも、莉紅って女郎、大人気だったっていうが、そんな女郎が奈良屋にいたはずはないんだがね」

「ほう、するってえと、どこに莉紅はいたんだえ」

「そりゃ、分からねえ。だけどよ、吉原に来ていきなり売れっ子になるくらいの女郎だぜ。深川仲町で板頭（いたがしら）を張っていたっておかしくなかろうじゃねえか。ならばわっしらの耳に入る」

「古狸（ふるだぬき）の船頭の耳に莉紅のことは入ってない」

「そういうことだ」

と政吉が言い切った。

「千惷楼の右兵衛の旦那は深川での評判を辻占（つじうら）だかで知って、うちの七代目に莉紅を千惷楼で働かせてくれって願ったと聞いているが、そいつは真っ赤な嘘かえ」

「嘘かどうかはわっしは分からねえ。ただ、深川仲町奈良屋に莉紅が勤めていたんだろうかと不審に思っただけだ」

話の間にも猪牙舟は新大橋から大川最下流に架かる永代橋に差しかかり、政吉はぐいっと舳先を武家方一手橋へと向かわせ、深川黒江町の船着場に寄せた。

「父つぁん、しばらく待っててくんな」

仙右衛門が言い残し、幹次郎とふたり、莉紅がいたという奈良屋、ただ今の新・八百喜なる楼に向かった。

昼前の刻限、深川の遊里もどことなく気怠い空気を漂わせ、二階の軒先に吊るされた葭簀垂れと風鈴が微風にぶつかり合って間抜けな音を立てていた。

「御免なさいよ」

仙右衛門が敷居を跨ぐと薄暗い土間の一角から声がした。

「昼見世にはちょいと早いぜ、お客人」

幹次郎は軒下で強い日差しに閉じていた瞳を慣らして、菅笠を脱ぐと土間に入った。

「なんだ、吉原会所の番方と裏同心の旦那かえ」

最前の声がまた言った。

男は土間の隅で下駄の鼻緒を直していた。

「お初にお目にかかります、わっしらは兄さんが図星を指した通り吉原会所の者にございますよ。兄さんの知恵を借りたくてね、こうして出かけて参りました」

「番方、おめえさんのほうで知らなくても、おりゃ、おめえさん方を承知さ。なんたって、遊里の中では吉原は御免色里、お上がお許しになった色町だ。見倣わなきゃならねえからよ、時折大門を潜るんだよ」

と答えた兄いが、親三郎ってんだ、と名乗った。

「親三郎兄さんか、わっしは仙右衛門ですよ。このお方は神守幹次郎様だ」

「凄腕だってね」

と応じた親三郎が、なんの用事かと顎を仙右衛門に振ってみせた。

「先の手入れでこちらは貧乏籤を引き当てなさったね、売れっ子を吉原に取られたんだからね」

「莉紅の話かえ」

「そういうことだ」

「おかしな話だよな」

「なにがおかしゅうございますか」

「うちだって伊達に長年この生業を続けてきたわけじゃない。手入れが入ったとき、当たり障りのない女郎をふたりばかり土地の御用聞きに差し出しましたのさ。それでしばらく時を置いて新・八百喜に名を変えて商いを再開した。わっしは昔、質屋だったころの蛤町にあった旧・八百喜時代からの生き残りでね、それで知っているんだ」

「ふんふん、それで」

「それだけの話だ」

「当たり障りのないふたりの女郎のうちひとりが莉紅ですかえ」

「そう、もうひとりはおいのって年増女郎だったよ。局見世に入ったが、胸の病で三月前に死んだと聞いた」

「おかしな話とはなんですね」

「手入れから半年も過ぎて莉紅が吉原で売れっ子というじゃないか」

「覗きに行かれたってわけですね」

「そうだよ、番方。すると、張見世で莉紅と名乗っていた女はうちの莉紅と違ってよ、別の女だ。吉原ってとこは、突き出し上がりの源氏名も、いやさ、女郎そのものも売り買いできるのかえ」

「そのような話は聞いておりませんな」

「とすると、うちで潮垂れていた莉紅は吉原に行って大化けに化けて、なかなか男好きのする顔の女郎に変わったってことだな。その秘密を教えてくれまいか、番方」

親三郎が仙右衛門を見た。

「こちらで莉紅と呼ばれた女郎さんはいくつでした」

「大年増だ、少し猫背の婆女郎だ。うちから吉原に連れていかれた突き出しは羅生門河岸が似合うと思ったがね、それがなんと半籬のお職だとさ」

ふたりは新・八百喜の土間にしばらく無言で立ち尽くしていた。

三

四半刻後、幹次郎と仙右衛門は深川の岡場所を知り尽くしているというひとりの隠居に会っていた。

別当大栄山金剛神院永代寺の北側に位置する小体な隠居所であった。

隠居の無庵は元々櫓下を本拠に女郎屋を数軒経営していたとか。七、八年ほど前に連れ合いが亡くなったのを機に隠居となり、藤棚のある小さな庭に盆栽を集めてその手入れで一日を過ごしているという。

この隠居のことを教えてくれたのは新・八百喜の男衆の親三郎だ。

吉原会所に長いこと勤めてきた仙右衛門だ、この隠居の存在は承知していた。が、未だ会ったことはないという。

約定もなく訪いを告げてみると小女が無言で番方の口上を聞き、奥に引っ込んで、しばらくして戻ってきて、

「庭からどうぞ」

と枝折戸を指した。

「ちょいとお邪魔します」

小女に仙右衛門が言葉を残し、ふたりは枝折戸から渋い造りの家の庭へ回り込んだ。小さな庭は東側に面して広がり、入堀を挟んで陸奥国八戸藩南部家の下屋敷の緑と甍が見えた。

一見、入堀と南部家の庭と屋敷がひと繋がりになり、小さな庭だが窮屈さどころか広がりさえ感じさせた。

「ご隠居、初めてお目にかかります、わっしらは吉原会所の者にございます。無庵様のお知恵を借りに参りました」

丁寧な挨拶をなした仙右衛門に、

「七代目は息災か」

と無庵が尋ね返したものだ。

「ご隠居は四郎兵衛様を承知にございますか」

「吉原は御免色里、ここいらはお上のお目こぼしで成り立つ岡場所と、その違いはあるが、やることはいっしょだ。早くいえば女の体を売り買いする商いだ。むろん四郎兵衛さんとは面識がある」

「恥ずかしながら、ご隠居の名を知りながら、この歳までお目にかかる機会を失してきました」

「それは無理もないことでね、私は人前に出るのが嫌いなのさ」

と応じた無庵がふたりに藤棚の下の日陰にある緋毛氈（ひもうせん）を敷いた縁台にかけるように言った。

大きな縁台で小さな卓を挟んで四、五人が向き合えた。天気のいい日はこの藤棚の下で一日の大半を過ごすのか、煙草盆から茶の道具まであった。

幹次郎は腰の藤原兼定を抜き、縁台に腰をかけた。

「お侍、縁台に礼儀は無用、楽になされ」

と盆栽用の鋏（はさみ）を手にした無庵が命じ、庭の一角にある手水鉢（ちょうずばち）で手を洗った。

幹次郎はその言葉に甘えた。

「おまえさんは番方の仙右衛門さん、こちらのお侍は裏同心と呼ばれるお方だね」

「ご隠居はなんでもご存じだ。わっしはたしかに仙右衛門、こちらは神守幹次郎様にございますよ」

と応じた番方に、

「深川界隈で商いをしていた折り、この面を表に曝すことは滅多になかったからね。その代わり死んだ婆様のおよねが同業の集まりやら商いを仕切っていたんでね。櫓下はおよねで持つって噂が流れたこともある。それがいつの間にか習わしになって、この世にありながら死んだ者のように生きてきたんですよ。だから、昔も今も隠居であることに変わりはない」

と無庵がころころと笑った。

「それでこの爺に吉原会所がどんな知恵を借りに来なさった」

「仲町でただ今、新・八百喜の看板を上げている女郎屋のことですよ」

「ありゃ、あれこれと主が代替わりしましたな、ただ今はどなたでしたかな」

「昔、八百喜って名で商いをしていた蛤町の質屋の一族だそうです」

「おお、丸富屋の一族があの商売に移ってきたんだったね」

と応じた無庵が煙草盆を手前に引き寄せた。

そこへ最前の小女が仙右衛門と幹次郎に茶を運んできた。

「申し訳ない、娘さん」

仙右衛門と幹次郎は恐縮して茶碗を受け取った。茶を供した娘が去り、仙右衛門が話を続けた。

「今から一年半前、深川界隈に奉行所の手が入り、許しもなく商いをしているというので、三十七人が吉原に突き出しで入らされました。その中のひとりの話でございます」

「突き出しが吉原に行ってなんぞやらかしたかな」

へえ、と返事をした仙右衛門が、千養楼という半籬に入った莉紅という女がたちまち売れっ子になり、お職を張るまでになったと説明した。

「突き出しに出された女郎が華の吉原のお職に昇りつめたですと、そりゃおかしいね。最前の繰り返しになるが、この界隈の岡場所はお上のお目こぼしで成り立つ商いですよ。当然ふだんから町奉行所の与力同心はいうに及ばず、岡っ引きに至るまで鼻薬は嗅がせてございます。だが、手入れが入るのは致し方ない。そこで売れっ子はどけて、年増の女郎を突き出して員数合わせをする」

「新・八百喜でもそのような話を聞かされました」

「番方、会所が面番所になしていることと同じですよ。三度三度の上げ膳据え膳に送り迎えの舟、盆暮れの心付で隠密廻り同心は骨抜きだ。吉原がやることを他の岡場所も大なり小なり真似ているってことですよ」

苦笑いした仙右衛門が頷いた。

「話を続けます。年増女郎の中にひとりだけ若くて美形の女郎が交じっておりました。いささか気性は意地悪でございましたがね」

「その女郎の出処はどこですね」

「一年半前まで奈良屋として商いをしていた新・八百喜にございますよ」

「おお、そこに話が戻りましたか。たしか、あの店は旧・八百喜から奈良屋になって二十年ばかり続いたと思います。奈良屋の初代は女主にございましてね、珍しい名前でしたな、甲乙の甲に子をつけてきねこと呼ばれた女でした。もう十数年前に死んだと聞いたことがありますよ」

「おみねという名ではございませんので」

「おみねとはだれですね」

と無庵が問い返した。

「話の腰を折りまして申し訳ございません」

と詫びた仙右衛門が話を続けた。

「その奈良屋から、女郎がふたり、突き出しに出されました。そして、そのひとりがたちまちお職に昇りつめた」

「そこがおかしい。この界隈の女郎屋の主が客のついた女郎をお上に差し出すわけもない、と最前から幾たびも申しましたな」

「ついさっき新・八百喜の男衆親三郎さんに聞いた話にございます。その男衆が、仲町から吉原に突き出しで入った莉紅って女郎を見物に吉原に行ったそうです。いきなりお職を張るほどに客が詰めかけていたというのですから、訝しく思うのも無理はない。そしたら、似ても似つかない若い女が莉紅を名乗り、たしかに売れっ子になっていたので驚いたそうです。親三郎さんは莉紅が亡くなり、名を別の女郎が引き継いだと思い、深川に戻ってきたそうな」

「そんな話があるならば、その莉紅に質してみることだね、番方」

「それがもう当人には質せないのでございますよ」

と前置きした仙右衛門は、釜日に客と心中をしたとみせかけられた莉紅の死と、莉紅が親しく出入りを許していた按摩が縊り殺された経緯を告げた。

「それはそれは、なんとも奇妙な騒ぎですな。吉原でなければ起こりえない出来事だ」

「ご隠居、わっしらもいささか持て余して仲町までのしてきたのですがね、莉紅は別人と言われて戸惑っております。ただ今の莉紅がどこでどうすり替わったか、考えあぐねてご隠居の知恵を借りに来たんでございますよ」

「吉原に入るときには、すでに別の女子に代わっていたんでしょうな」

「へえ、遊女請状と突き合わせて一人ひとり受け入れますので、面番所の役人も莉紅の美形は格別に印象に残っていたそうです」

「つまり、突き出しで深川から送られてくる女郎には病気持ちか死ぬ寸前もいる。だが、吉原に来たその女郎は鄙には稀な女子だった、ゆえに吉原の半籬でお職にまで昇りつめた。そして、一年半後の昨日の釜日に心中に見せかけて殺されたと言いなさるんだね」

「仰る通りにございます」

幹次郎は、ふたりの話に口を挟むことはなかった。

「おかしな話だが、番方、こりゃ、だいぶ裏がありそうだ。莉紅が千惷楼でお職になったのは新たな客がついてのことかえ、それとも以前からの客が偽の莉紅を支えたゆえにお職を張るまでにのし上がったのかえ」

「それが、昔からの客が来ていると当人は妓楼の主に言っていたそうです」

「ともあれ仲町の莉紅と吉原の莉紅は別の女郎だ」

「そういうことなんでございますよ、ご隠居」

「吉原であてがわれた楼は千惷楼と言いなさったね。あの千惷楼がまだ暖簾を上げておりましたか」

無庵は官許の吉原の情報にも通じているように思えた。

「一、二度、左前で潰れるって噂が流れましたが、突き出しの入る直前に主の右兵衛さんに七代目が呼ばれて、突き出しで入る莉紅をうちにあてがってほしいと乞われたんですよ。七代目も盛業中の楼ならばそのような便宜は図らなかったでしょうがね、右兵衛さんは中気で体が思うようにならないんでね、商いもうまくいってないこともあって、これがきっかけで盛り返すならばと、その願いを認めたってわけでございますよ」

「ということは千惷楼の主は、莉紅が深川仲町の莉紅ではないことを承知していたことになる」

「はい。お蔭様で千惷楼は盛り返しましたが、莉紅は朋輩女郎や男衆と仲がよくなくて、千惷楼は揉めごと続きでございましてね。そんな最中の釜日に莉紅と客が心中に見せかけて殺された」

「千惷楼の主はどこで莉紅のことを知ったと答えてなさる」

「それが、抱え女郎と客の心中仕立ての最中に中気を再発して、医者に診てもらっておりましてね、話を聞くどころではございませんので」

「聞けば聞くほど吉原会所はとんだ災難でございますな。およその話は分かりました」

と無庵が言い、しばし煙管(キセル)を弄(もてあそ)びながら考えていたが、

「すり替わったのは番屋ででしょうな。深川の各所で集められた女郎は、深川番屋にひと晩放り込まれ、翌日、船で吉原の山谷堀(さんやぼり)までいっしょに上がる。女郎だって人だ、船に乗せられる前から手拭いや頭巾を被って顔を隠す。莉紅を承知の朋輩が乗っていても気づきますまい。ゆえに番屋で莉紅がすり替わったと思える」

「なんのためにでございましょうな」

「さあて、それは隠居風情に分かるわけもない」

と無庵は仙右衛門の顔を見た。

「吉原に移された折りに深川から馴染がついてきたと言いなさったね。深川仲町の莉紅とは違うことが分かっていた連中だ、だれですね」

「ひとり目は相対死の相手にされた横川の船問屋直島屋の若旦那佳右衛門さんでございますよ」

「横川の直島屋の長男は遊び人だってね」

「そのために次男が家督と商いを継ぐことが眷属一同で決まっていたそうにございます」

「ふたり目は」

「鉄砲洲の竹問屋肥後屋與太郎の旦那にございます」

「こちらも遊び人だ」

「ふたりして深川辺りにも姿を見せておりましたか」

「その昔はこの界隈でも名の通った遊び人でしたよ。そうか、近ごろ吉原に鞍替えしていましたか」

　と無庵が言い、

「吉原に入った莉紅が短い間にお職に昇りつめたには他にも客がいなければならない。直島屋と肥後屋のふたりを足掛かりに吉原で新たに客の心を摑みましたか」

「はい」

と答えた仙右衛門が、

「深川仲町時代の馴染と称する三人目の正体が知れません。千惷楼は半籬、引手茶屋を通すことなくいきなり楼に上がったせいで、名も定かではないそうです。たんに自らを城内の頭と呼ばせていたそうです。千惷楼も金子さえしっかりと払ってくれれば文句はないってんで、正体は知らされていませんので」

「城内の頭、ね」

「楼に上がる折りはひとりですが、密かに陰供を引き連れた武家じゃそうで」

無庵の無表情な目に鈍い光が宿ったのを幹次郎は見た。

「莉紅はどこから吉原にやってきたか」

と自問するように言った無庵が、

「番方、なにができるか分からぬが、深川界隈でその仕込みがなされたのなら必ずなにか分かるはずだ。一日二日、ときを貸してくだされ。ただし、こいつの始末は私の手に負えないように思う」

と言い訳しながらも受けた。

仙右衛門が頭を下げ、幹次郎も真似た。

立ち上がったふたりに、

「深川の番屋に出入りできるのは白木屋重兵衛って十手持ちですよ。門前仲町裏で通りがかりの人に訊けば教えてくれましょう。あんまり評判のいい御用聞きではございませんよ」

「悪名だけは承知しています」

「会所との付き合いはうまくいきますまいな」

と無庵は言い放った。

「ご隠居、なにからなにまでご配慮痛み入ります」

「もっとも、その先はあんた方の腕次第だ。おまえさん方も承知のようになかなかのタマにございますでな。そう容易くすり替えた事実は認めますまい」

仙右衛門が頷き、幹次郎が会釈して庭から枝折戸へと向かった。

「番方、奇妙な話になったな」

「千惷楼の右兵衛の旦那め、どこで莉紅の正体を聞かされていたか」

仙右衛門がぼやいた。

陸奥八戸藩の下屋敷と無庵の家の間の南から北へと抜けていた入堀で、政吉の舟が待っていた。

「父つぁん、待たせたな」

「待つのも船頭の仕事のうちだ。さて、次はどちらだえ」

「近い。永代寺の表に回ってくれないか。門前仲町裏の御用聞きを訪ねるんだ」

あいよ、と心得た政吉が橋の下を潜り、堀伝いに西へと進み、永代寺の境内をコの字に回るようにして山門近くの船着場に着けた。

「また待たせる」

「橋下の日陰に猪牙を突っ込んで昼寝をしているよ、気にするな」

政吉父つぁんが答え、ふたりは日差しの中を歩き出した。

夏の盛りの日中だ。永代寺門前にも人影はない。

「すべて騒ぎが起こったときは、漠然としてなにが起きているのか分からないものだが、こたびの騒ぎほど見当がつかないのも珍しいな。なにが起こっておるのか分からない」

「深川仲町の女郎だった莉紅がすり替わって吉原に姿を見せて、お職になった。すり替わった莉紅は秘密を持っていた」

「あの三通の起請文がすべての大本であろうな」

「まず間違いございませんや」

「若い莉紅が二十年も前の起請文をどこでどう手に入れたか」

「分からないことだらけだ」

ふたりは門前町の表通りから裏路地に入った。日陰になったせいで幾分楽になった。日陰で黒猫が昼寝をしていた。

辻に来て、

「さあて」

とふたりは迷った。すると左手の裏通りに大勢の人が集まっているのが見えた。気怠い感じは夏の盛りの弔いのようだ。

「あそこで訊きますか」

仙右衛門が先に立った。

羽織を着た町役人が扇子を使いながら人込みから姿を見せた。

読経が響いてきた。

「ちょいとお尋ね致します。この界隈に白木屋重兵衛親分の住まいはございませんか」

仙右衛門の言葉に町役人がじろりと見返して、

「あんたら、弔いに来なさったんだろうが。この界隈で弔いがあればそこが訪ねる先かどうかくらい分かりそうなもんじゃないか」

「ああ、ここが親分の住まいにございますか。で、どなたが亡くなられたんで」

「そりゃ、重兵衛親分当人さ。夜釣りに行って岩場から落ちて水死だ。釣り道楽は何十年、この界隈の釣り場ならどこも承知の親分が足を踏み外して海に落ちる。あり得ない話だ」

「親分が亡くなった」

「だから、そう言ったじゃないか。親分は泳ぎだって達者だったのにな。ここだけの話、人に殺されたって言われたほうが、よほど得心（とくしん）できるよ」

と囁（ささや）いた町役人がばたばたと扇子で煽いだ。

四

番方の仙右衛門と神守幹次郎のふたりが吉原会所に戻ってきたとき、吉原は夜見世が始まって半刻が過ぎていた。

釜日のあとのことだ、いつもの刻限より仲之町には素見を含めて大勢の客がいた。夏の宵ということもあり、皆夕涼みがてら吉原を覗きに来た感じだった。

幹次郎は大門を潜ったとき、ちらりと面番所に視線を送った。だが、もはや面番所は店仕舞い、村崎季光同心らがいる様子はなかった。

「神守の旦那、お疲れの様子ですね」

と女の声がして、振り向くと女髪結のおりゅうがいた。

「釜日のあとだ、おりゅうさんの仕事も忙しかろう」

「月一度のてんてこ舞いの日ですよ。それでも何とか終わった。湯屋に行きたいところだけど、もう仕舞い湯には間に合わないよ」

とぼやいたおりゅうが、

「汀女先生になんぞ言付けることがありますか」

「毎日顔を合わせておる夫婦だ、格別にはないな」

はいはい、と返事をしたおりゅうが道具箱を提げ、吉原会所の若い衆に会釈を残して五十間道へと上がっていった。

「お疲れ様でした」

小頭の長吉がふたりを迎えなにかを言いかけたが、仙右衛門の険しい顔に気づいて言葉を呑み込み、

「七代目がお待ちです」

とだけ言った。

首肯したふたりが坪庭の見える四郎兵衛の座敷に向かった。

風のない夜で、じっとりとした暑さが吉原を覆(おお)っていた。ためにどこの建具(たてぐ)も開け放たれていたが、そよ、とも風が抜ける様子はなかった。

「ご苦労でしたな」

四郎兵衛がふたりの腹心を迎え、自ら茶を淹れ始めた。

「なんぞ分かりましたか」

「莉紅っていったいぜんたい何者でございますので」

仙右衛門の問いに、四郎兵衛は茶を淹れる動きを止めて番方の顔を正視した。

「一年半前、吉原は市中の岡場所の手入れでお縄になった三十七人の女郎を吉原に受け入れましたな」

百も承知のことから説明を始めた仙右衛門に視線を預けたまま、四郎兵衛は話に聞き入った。

「その折り、深川仲町の奈良屋という妓楼から莉紅とおいのという女郎が入ってきて、莉紅は右兵衛さんの申し出を七代目が受け入れなすって千惷楼に入った。

もうひとりのおいのは局見世で稼ぎをさせられることになったが、三月前に胸の病で死んだ」

「と、私は承知していますが」

「七代目、奈良屋が差し出したふたりの女郎はともに、局見世に端っから突っ込まれる程度の女郎だったのでございますよ」

「どういうことですね、番方」

四郎兵衛は今ひとつ事情が呑み込めないという顔で仙右衛門を見返した。

「千惷楼でお職まで一気に昇りつめた莉紅は、深川の奈良屋にいた莉紅とは別人なんでございますよ」

奈良屋から代替わりした新・八百喜の男衆親三郎が、千惷楼に入りたちまちお職にまで昇りつめた女郎の莉紅が深川仲町のそれとは別人と認めたと告げた。四郎兵衛は、仙右衛門の言葉を胸底で吟味しながら、茶を淹れた。そして、ようやく言葉を吐いた。

「深川の若くて客筋のいい女郎がもはや局見世くらいしか務まらない女郎に化けたというなら、話も分かりますよ。その反対と言いなさるか。なんの得があって、だれがさようなことをしのけたか」

自問するように四郎兵衛は呟き、さらに考えていたが、自ら淹れた茶をふたりの前に供した。

仙右衛門も幹次郎も夏の日差しの下を動き回り、からからに喉が渇いていた。

「頂戴します」

ふたりはじっくりと茶を吟味して喫した。甘味と渋味の按配がいい宇治茶の香りが口内に広がり、疲れをしばし忘れさせてくれた。

「ははあ、この一件には土地の御用聞きやら町奉行所の役人が関わっておりましたか」

と四郎兵衛が己に言い聞かせるように言った。

「いかにもさようです」

四郎兵衛の推測に頷いた仙右衛門が、

「七代目は深川の櫓下などで数軒の妓楼を商っていた無庵様と知り合いとか」

と話柄を転じた。

「おお、無庵さんの知恵を借りなさったか。それにしても商いから手を引いて久しい無庵さんがよう吉原会所の者に会われたな」

四郎兵衛が首を傾げた。

「女郎のすり替えが行われたとしたら、深川番屋の一夜の間、それも土地の古手(ふるて)の御用聞き、白木屋重兵衛って親分が仕切ってのことだろうと、そいつを町奉行所の旦那が見て見ぬふりをしている他はできない相談と無庵のご隠居の知恵を受けて、門前仲町裏に白木屋の親分を訪ねたのでございますよ」

「白木屋は三代目だったかね、初代と二代目は人望のあった親分でしたが、養子に入った三代目は実に嫌味な御用聞きと聞いております。そいつが、なんと返事をしましたかな」

「いえ、それがもはや返事のできない身にございましてね。わっしらが白木屋を訪ねたとき、重兵衛親分は夜釣りに行って岩場から足を踏み外して水死したとかで、弔いが行われていたのでございますよ」

「なんと間が悪いことですね。ふたりの顔に疲れが見えるので、一日の探索が無益(むえき)だったとは察しておりましたがな」

四郎兵衛が気の毒そうにふたりを見た。

「七代目、半日深川界隈をぶらついて、手ぶらで戻るのは癪(しやく)のタネだ。神守様の発案で吉原の莉紅が深川時代からの馴染のひとりだった鉄砲洲の竹問屋肥後屋與太郎の旦那に話を聞こうと、深川から鉄砲洲へ政吉の父つぁんに無理を言って回ってもらったんです」

四郎兵衛の顔に期待が浮かんで、

「よい話が聞けましたか」

「いえ、肥後屋でも弔いが行われていたんでございますよ」

「まさか肥後屋の旦那じゃなかろうね、死んだってのは」

仙右衛門が四郎兵衛の顔を見て、大きく頷いた。

「なんですって。莉紅に関わりのある御用聞きと馴染客が次々に死んだんですと。こちらの死の因はなんですね」

「肥後屋は元々竹問屋にございますが、材木も扱っております。その杉の丸太が倒れてきて與太郎の旦那の頭の後ろを直撃したそうでございます」

仙右衛門の言葉を聞いた四郎兵衛が煙草入れを手探りした。

「ちょっと待ってくださいよ」

と言いながら煙草入れから煙管を抜き、

「釜日に莉紅が心中に見せかけて深川からの馴染のひとり、直島屋佳右衛門と殺されたと同じ時期に莉紅に関わりがある方々が次々に死んだということは、偶然にしても程(ほど)を超えておりませんか」

「尋常ではありません」

仙右衛門が言い切った。

「帰り舟で神守様と話し合ってきたことですが、この一連の騒ぎにはわっしらが知らない事実が隠されている。そのことによって次々に殺しが行われているんじゃないかという結論に至ったのでございますよ。と申しますのも、白木屋重兵衛は、壮年の大男で酒は呑まない、釣りと銭儲けが道楽と公言している御用聞きです。絞り取れるとみたら、だれかれなしに容赦がない。腕っぷしも強い、泣かされた相手は、あの界隈で数えたら切りがないくらいです。いつも子分を伴って釣りに行くのに、こたびにかぎって、独りで考えごとをしたいと断わって夜釣りに出かけております。つまり、白木屋重兵衛は釣り場でだれかと会う約束があって、独りで出かけたんでございましょうな。あの大男を海に突き落として、息が止まるほど海中に沈めるとなると、並みの者にできるこっちゃない。といって、夜釣りに慣れた重兵衛が足を踏み外すとも考えられない。よしんば岩場から落ちたとしても岩場に泳ぎ戻ることはできた。釣りに行ったその夜の江戸の内海は波が穏やかだったそうでございます」

ううーん、と四郎兵衛が唸った。しばし間を置いた仙右衛門が、

「続いて肥後屋の旦那の與太郎ですが、いつもは帳場を昔からの番頭に任せて奥座敷に控えているのに、その日にかぎり、広い竹と材木の置き場に奉公人のだれにも知らせずに出かけている。そして、いつもは縄で止めてある杉の丸太が背後から何本も落ちてきたというわけです。商売人が縄の緩みにも気づかなかったのはどうしたことか。まず奉公人が口を揃えるのには、旦那が材木置き場に姿を見せるのが珍しい、それも夏の盛りの日中に、なにをしに出かけたんだろうと、首を捻っておりました」

仙右衛門の報告は終わった。

「つまりは肥後屋もだれかに呼び出されたと言いなさるか」

「はい」

肥後屋與太郎の事故は釜日前日の日中に起きた。そして、その夜に御用聞きの白木屋重兵衛が釣りの最中に海に転落して亡くなり、翌日の釜日に莉紅と直島屋佳右衛門が殺されたことになる。

「ひとりの突き出しに吉原が引っ掻き回されておる」

「吉原に莉紅の身許を知っておるやもしれない人物がひとり、残っておりませぬか」

「千惷楼の右兵衛さんだね、番方」

「はい」

「右兵衛さんは二度目の発作で正気を失い、口を開くどころじゃない。よほど莉紅の死に驚愕させられたのかね」

「ということは事情を知る者がだれもいなくなったということですか」

「いえ、城内の頭が残っておりますよ」

と幹次郎が言った。

「そう、莉紅の深川以来の客のひとりとして吉原にも通ってきていた城内の頭が残っておりますな。二階廻しの四之助と遣手のおたねを会所に呼んで、城内の頭について問い質しました」

四郎兵衛はすでに城内の頭の身許探索を済ませていた。

「こっちもいささか訝しい話でね。莉紅が千惷楼に出始めて最初の客が城内の頭だったそうな。それからかなりの回数、登楼したにもかかわらず、城内の頭の顔を見た者はいないのですよ」

「どういうことですね」

「吉原を訪ねるときはいつも黒縮緬の頭巾で顔を隠しておられたそうな」

「座敷にても顔を隠しておったのですか」

「さよう、朋輩、幇間(ほうかん)、禿、男衆のいるところでは決して顔を見せなかったという。ために顔を承知しているのは莉紅だけということじゃそうな」

「莉紅はなんと帳場に言い訳していたんでございましょうな」

「城中で身分のある方ゆえ、顔を曝すことはできないと帳場には言ったそうだ。ために紋付きなどの羽織を着てきたことはない、常に無紋の召し物だったそうな」

吉原に通う客には、上は大名、大身旗本(たいしんはたもと)、分限者(ぶげんしゃ)から下々では裏長屋に住む八つぁん熊さんまでと幅広い層がいた。

武家が吉原通いをなす折り、覆面や深編笠(ふかあみがさ)で顔を隠す者は少なくなったとはいえ、ごくごく当たり前の、

「用心」

だった。だが、楼に上がってまで覆面を取らない客は珍しい。大籬の三浦屋などでは、太夫の意向で、

「うちでのお遊びは決して外には漏れませぬ、野暮(やぼ)でありんす」

と許されぬことであったかもしれない。だが、半籬の千惷楼では客の意をその

まま受け入れていたのだろう。

「顔を知っていた莉紅は殺されてこの世の者ではない。となると城内の頭の正体なり顔なりを知る者はいない」

「一度だけおたねが煙草入れの口金が三つ組蛇という変わった紋所だったのを見ている。それだけしかおたねと四之助からは聞き出せなかった」

しばし無言が座を支配した。

四郎兵衛がゆっくりと煙草を一服して、ぽんぽんと煙草盆の灰吹きに灰を落とし、幹次郎を見た。

「神守様、なんぞ考えは浮かびませんか」

「いつもと勝手が違い、どう考えてよいのやら当惑しております」

と答えた幹次郎は、面番所に保管してあるはずの過去書きが莉紅の分だけ消失していることを告げた。

「ほう、こやつら、面番所にまで勝手に入り込みましたか」

「今ひとつ、莉紅は姉様の手習い塾に一度だけ出たことがあるそうな。その折り、手跡も文章も巧みで、町人育ちではないと姉様は考えたようです」

「武家の出ですか。それにしても吉原の遊女に身を窶してまでなにをしようとしていたのか」

四郎兵衛が頭を捻った。

「ともかく城内の頭を探し出すことです。なぜ莉紅は身代わりになってまで吉原に入り、ついには心中仕立てで殺される目に遭ったのか、なにかきっかけなりともわっしらに授けてくれる人物かと思います」

と仙右衛門が言った。

「それと今ひとつ、莉紅が命を張って守った三通の起請文との関わりはどうしますな。こちらも併せて探ったほうが解決の目処が早くつくのではございませんか」

幹次郎の問いに四郎兵衛が、

「勘定奉行伊奈秀直、油商の安房屋継四郎、正体不明の柘植芳正の三人でしたな。勘定奉行の伊奈様には手蔓がないことはない。私が当たりましょう。番方と神守様は安房屋を当たってくれませぬか」

「最後の柘植某は後回しでようございますか」

「ただ今は一つひとつ、一人ひとりを潰していくしか手はないと思う。三通の起請文がこたびの殺しを誘発したとするならば、莉紅を殺したことで秘密は守り通せたと思うておることでしょう。まさかうちがそいつを持っているとは考えてない。ですが、三人を調べ始めると当然のことながら、まだ起請文が生きていることを相手方も知ることになる。ここは細心の注意が要りますぞ」

幹次郎と仙右衛門が頷き、

「話は戻りますが、まず三つ組蛇の煙草入れを持つ頭を探しましょうか」

「ただし、城内の頭が直島屋佳右衛門、肥後屋與太郎と同じようにすでに殺されておる可能性もございます」

「されど直島屋の若旦那や肥後屋の旦那と違って、城内の頭は陰供がついておる人物、容易に始末されるとは思えません。また、この城内の頭がなんらかの曰くで動いて、莉紅、直島屋佳右衛門、按摩の杉ノ市、白木屋重兵衛、肥後屋與太郎の五人を始末したことだって考えられる」

四郎兵衛が言い、幹次郎を見た。

「汀女先生から玉藻を通しての言伝が届きましたよ。奇妙な三人組に待ち伏せを受けたそうですな。神守様が用心してかような手段で私に白衣白覆面の連中のことを知らせてきなさったわけだ」

「昨夜、浅草田圃でのことです。白衣三人組だったのか、前後に三人ずつふた組だったのか分かりませんが、会所がこの一件に関わることをやめよと警告してきました」

「なんとも話が散らばっておりますな。諸々考えますと、この吉原になにか狙いがあるようにも思える。面番所にまで忍び込んで、莉紅の過去書きを抜いていくなど、こちらも用心に用心を重ねねばなりますまい。当分この一件、番方と神守様だけで願います」

四郎兵衛の念押しにふたりは承知した。

夕餉を会所で食した仙右衛門と幹次郎は、話し合ったことを実行することにした。


江戸町二丁目の千惷楼には、今晩も灯りが入っていなかった。お職の莉紅が客と心中仕立てで殺された上、旦那がふたたび中気に見舞われて床に就いていた。とても見世を開けるどころではなかった。

奥で抱えの女郎たちが飯でも食しているのか、ぼそぼそとした話し声が伝わってきた。

訪いを告げると番頭の田蔵が姿を見せた。

「会所かえ。なにか分かったかえ」

「田蔵さん、莉紅って女郎はいったいぜんたいどこから来たんだえ。さっぱり分からないや」

と思わず仙右衛門がぼやいた。

「どういうことですね、深川仲町の女郎だった女でしょうが」

「そうだったそうだった」

と慌てて仙右衛門が言い繕った。

「だがな、もはや莉紅のいた奈良屋は代替わりして新・八百喜って楼に変わっていて、莉紅のことを知った者はいないのさ」

「あいつはうちでも朋輩とも交わらない女だったからね、知った者がいてもたいしたことは知れないよ。それより死んだ莉紅の昔を手繰ってなんになるんだえ。あれが心中ではなくて殺しというのなら、早く下手人を突き止めるがいいや」

「そのために、こうしてわっしらが顔を見せたんだ。深川以来の馴染は直島屋、肥後屋と城内の頭の三人だったな。それ以外に吉原に来て馴染になった客で、よく通ってきた者の名と住まいが知りたいのだがね」

「これ以上、うちの楼に厄介が降りかからないようにしてくれないか。そうじゃなくともこたびばかりは旦那は寝たっきり、うちも代替わりがあるかもしれないよ。番方、どこぞに私の働き口はないかね」

と小声で田蔵が願った。

「そのときは相談に乗るよ。ただ今は最前の頼みを願おう」

「今かえ」

「そう願えると有難い。明日一番で動けるからね」

仙右衛門の言葉にしばし黙っていた田蔵が、

「仕方ないね、しばらくお待ちな」

と奥へ姿を消した。

小さな灯りが点された表土間には蚊がぶんぶんと飛んでいたが、その場でふたりはいつまでも待たされた。

第三章　足掻き(あが)の日々

一

　翌日、神守幹次郎と番方の仙右衛門のふたりは、まず南油町に油商の安房屋を訪ねた。

　安房屋は油商の中でも五代続いた老舗で、菜種油(なたねあぶら)の産地としても知られる房州(ぼうしゅう)の出とか。

　吉原と安房屋の付き合いは全くなかった。同業の油屋に尋ねたが、

「安房屋さんは手堅い商いで、派手なことは嫌う商人。吉原がどこにあるかも旦那から奉公人まで知りますまいな」

　と答えたものだ。だが、仙右衛門は、

「色の道ばかりは縁がございませんと自慢げに申されるお方がおられますな。それはね、隠れ遊びが知られていないだけですよ」

と言い切った。

「表向きだけでも吉原と関わりがあることを嫌う安房屋に正面から行って、応じてくれるであろうか」

「そうですね、ここは思案のしどころかもしれませんね」

幹次郎の言葉に頷いてから首を捻った仙右衛門が、

「ここはいったん撤収して搦め手から攻めますか。呉服町北新道を訪ねませんか」

と作戦変更を告げた。幹次郎には直ぐに分かった。

「読売屋の『世相あれこれ』ですか」

「そういうことです。この界隈のこととなると『世相あれこれ』の連中がなんでもよう承知です」

と話し合いながら、ふたりは日本橋から東海道へと通じる通町に出て、北新道の裏通りへと入っていった。

夏の日は三竿に昇っていたが、四つ過ぎだ。

『世相あれこれ』はひっそりとして店先は無人だった。

「御免なさいよ」

仙右衛門が声をかけると主の浩次郎が奥から、だれですね、と言いながら姿を見せた。

「なんだ、吉原会所のお歴々かえ。なんぞいい話を持ち込んできたか。春先の走り屋侍のようなネタだとこの夏が乗り切れるのだがな」

都合のいいことを言った浩次郎は、上がり框に座るようにと夏座布団をぽんぽんと二枚置いて、自らも板の間に腰を下ろした。

「浩次郎さん、おまえさんの知恵を借りに来ただけだ。まだなんとも言えない話ですよ」

ふうーん、と鼻先で返事をした浩次郎が、

「見ての通りがらんとしてだれもいないや。主だけが店番で暇を持て余しております。吉原会所の相談に乗ろうじゃないか」

「有難い。ただし、こいつはこの界隈のお店の詮索だ。浩次郎さんの肚に仕舞っておいてくれませんか」

「読売屋に黙ってろってか、難しい注文だな。読売のネタになるような話ならば、時期を見てよしというので手を打とうじゃないか」

ううーん、と今度は仙右衛門が唸った。

「そんな微妙な話か、まず聞いての相談にしようか」

と浩次郎が折れて、

「南油町の安房屋の商いは手堅く、付き合いも地味だそうだな」

と仙右衛門が尋ねた。

「ふーん、安房屋とはな、思いがけないことだな。たしかに身代が大きい割に商いも暮らしも地道だな。いや、ケチってんじゃないぜ、祭礼なんぞには相応の祝儀を包まれる。だがよ、旦那も番頭衆も、付き合いの宴などには一切出たことがないと思うよ。たしか安房屋の家訓にさ、『同業他業にかかわらず酒席などの付き合いは一切無駄無益と心得るべし』というのがあったはずだ。そんなにお堅い安房屋がどうしたって、番方」

「ただ今の主はどんな御仁だね」

「代々安房屋庄左衛門を名乗られて、当代の五代目は分家から入られた養子さんだ。当代も先代に負けず劣らず手堅い商い、地道な暮らしだよ」

「家の者らはどうだね」

「家付き娘のおしまさんとの間に二男二女、長男はたしか十七になったんじゃないか。絵に描いたような幸せなお店と奥向きだ。まさか庄左衛門さんが吉原の遊女に狂ったなんて話じゃないよな」

「そうではないのさ。で、分家からの養子さんと言われたが、前の名は承知していまいな」

「はて、なんと言ったかね。安房屋の本家に奉公していたときはなんとか四郎と言ったと思うんだがな」

「継四郎、とは言わなかったか」

「おお、それそれ、継四郎さんだ。それがどうしたえ」

浩次郎の問いに仙右衛門が、

「養子さんね、家付きのお内儀さんには弱い立場だ」

「まあな。だけど庄左衛門さんもお内儀のおしまさんも分別も気遣いもある夫婦だ。なにを話しても分からないお人じゃないと思うがね」

浩次郎が仙右衛門の心底を探るような目つきで見た。よし、と己に気合を入れた番方が、

「二十年ほど前、継四郎さん時代に深川仲町の岡場所の女郎に娘を産ませている

んじゃないかって話だがね。そんな話、正面から持ち込めないよな」

「番方、いつから吉原会所は深川の女郎屋の手先になってよ、始末に走るようになったんだ」

「事情があるのさ」

「そりゃ、事情がなければこんなバカげた話は、おれんちに持ち込まないよな。肚を割りねえな。二十年ほども前に娘を産ませてようと、すでに手は切れているんだろうが」

「相手のおみねはすでに死んでいると思われる」

「ならばなにを恐れているんだ」

「一年半前、深川仲町から突き出し女郎が吉原に送られてきた。そのひとりがおみねという女郎の娘と思われるが、こちらもつい最近死んだ」

「昔馴染んだ女郎も死に、継四郎さんとの間に生まれた娘も死んだとなれば、おまえさん方もそっとしておきねえな。吉原も罪作りをしている同業じゃないか。安房屋さんはちゃんと真っ当な商売を続けておられるんだ」

「そういうことだよな」

と応じた仙右衛門が幹次郎を見た。

「番方、話を聞いてもらおう」

「ふーん、裏があるならばさっさと話すがいいや。最前から肝心なところは避けてやがる。うちをそんなに信用できねえのか」

「そうじゃない、浩次郎さん。おれたちもこたびの騒ぎがさっぱり摑めてないんだ。そのくせ、五人からの者が殺されている」

「な、なんだと」

「だから、筋道がつくまで肚に納めていてくんなと願っているんだよ」

「よし、話をすべて聞かせな。こいつが安房屋さんに道理もなくよ、降りかかる話となれば、読売に書かずにおれひとりで止めて、生涯の秘密にすることだってあらあ」

浩次郎の言葉に仙右衛門は釜日の髪洗いの日に起こった莉紅と深川の直島屋佳右衛門との心中騒ぎから、按摩杉ノ市の殺し、さらには馴染客肥後屋與太郎、深川門前仲町裏の御用聞き白木屋重兵衛と相次いで明らかになった関係者の不審死を語り聞かせた。

浩次郎は仙右衛門の言葉を頭に刻み込むように聞き取り、

「なんとねえ、こいつは厄介だ」

と呟いた。

「だから、そう言ったじゃねえか」

「だけどよ、この一件、おみねと莉紅の親子が死んでさ、すべて落着したんじゃないのか」

「そうなればそれでいいんだがな。神守様も会所の帰りに浅草田圃で白衣の三人組に警告を受けておられる。その折り、ともかくこの一件から手を引け、引かなければ汀女先生から薄墨太夫まで巻き込むと脅しをかけられておられるんだ。一件落着したならば、なぜそのような警告をわざわざ発するよ」

「会所が奴らのことを暴こうとするからだろうが」

「廓の中で莉紅、客、出入りの按摩と三人も殺されているんだぜ。こいつを見逃せと言うのかね」

「見逃せねえな。となると、おまえさん方がこの夏の盛りに汗を掻き掻き、駆け回るって寸法だ」

と応じた浩次郎が聞かされた話の展開を改めて考え直して整理していたが、

「深川門前仲町裏の白木屋重兵衛は評判の悪い御用聞きだぜ。この十手持ちもそんなに人気のある莉紅の馴染だったのかえ」

「さすがは読売屋を伊達にやってないな。そいつはさっき話し忘れていたところだ。一年半前まで深川仲町の奈良屋で莉紅を名乗っていた女郎と、突き出しのひとりとして吉原に連れてこられた莉紅は別人だったんだよ」

「なんだと、そんな話があるか」

「深川の莉紅は猫背の年増女郎だった。吉原の千惷楼に願われて入った莉紅は深川時代の馴染まで吉原に呼び寄せて、たちまちお職に昇りつめた美形だった」

「なんでそんな手間をかけて吉原にその女は突き出されたんだ。そんな上玉ならばいかようにも道があったはずだ」

浩次郎の言葉に仙右衛門が頷いて言った。

「はっきりとしていることは深川の番屋でふたりの莉紅が入れ替わったことだ。そいつは白木屋重兵衛の黙認がなきゃあできまい。その事情を承知しているからこそ、重兵衛は夜釣りに誘い出されて水死させられたと、わっしらはみているんだ。むろん、奈良屋のほんものの莉紅も番屋から解き放されたわけじゃない。重兵衛辺りに口封じされて、江戸の内海に沈められているとも考えられる」

「おっ魂消たな。なんて話だ、これまで聞いたこともないや」

と呟いた浩次郎が、

「で、番方は安房屋の当代になにを訊こうというのだね」

「二十年前、おみねって女郎と付き合いがあったかどうか、子どもを産ませたかどうか、その折り、起請文を書いた覚えがあるかどうか、自分の子だとおみねの言う娘を見たことがあるかどうか、おみねとはいつ手が切れたか。そんなことかね。浩次郎さんよ、繰り返しになるが安房屋の古傷を暴き立てようというわけじゃない、ただ今進行している殺しのさ、根を絶ちたいだけなんだ、吉原会所はよ」

「分かった」

と答えた浩次郎が、

「半刻後、楓川の新場橋下に屋根船を一艘借りてさ、待っていてくれないか。安房屋の当代がおられるならば、なんとしてもおれが連れ出す。そして、船頭なしの屋根船の中で今の話をしねえ」

「助かった」

「ただしその場に同席するぜ。うちの読売はご町内のためにならないことは書き立てたことがないんだ。だから、それなりに旦那衆に信頼してもらえる。番方、おれに恥を掻かせないでくんな」

「約定する」

「この形（なり）では行けねえや、着替えて旦那をお連れする」

と言う浩次郎を残し、幹次郎と仙右衛門は屋根船の手配に向かった。

約束の半刻が一刻を過ぎても、安房屋庄左衛門も読売屋『世相あれこれ』の浩次郎も姿を見せる気配はなかった。

「いきなりの呼び出しでは無理でしたかね」

と仙右衛門が呟いた。

幹次郎は細く開けた障子の間から楓川の水面（みなも）を見ていたが、人の気配を感じた。

「待ち人はこちらにございます、安房屋の旦那」

「商いの話にございますな」

へえ、と返事をした浩次郎の声は最前より明らかに疲れていた。説得に時を要したからであろう。

中から仙右衛門が障子をすいっと開け、恰幅（かっぷく）のいい安房屋庄左衛門が頭を下げながら屋根船に乗り込んできて、幹次郎と見合った。

「浩次郎さん、お武家さんが商いの話ですか」

「旦那、わっしの言葉を信じて少々ときを貸してくださいまし」

と浩次郎が言い、庄左衛門が空けられていた座布団に座った。

「おまえさん方は」

「吉原会所の者にございます」

「なんですって、私は吉原会所に呼び出されるような覚えはございません。帰らせてもらいます」

「安房屋の旦那、お怒りはもっともにございます。お帰りになる前にこの書付をご覧になって覚えがあるかないかだけ、お答えくださいませんか」

仙右衛門が明和七年庚寅の五月付の起請文を庄左衛門に見せた。

腰を浮かしかけた安房屋の当代の動きが止まり、

「こ、これをどこで」

と思わず呟いた。

「安房屋の旦那、吉原会所は強請集り(ゆすりたかり)をする真似は致しません。廓の中で起こった面倒や厄介ごとを江戸町奉行所に代わって解決する組織(ところ)にございます。もし、この起請文に覚えがございますならば、わっしらの話を少しばかり聞いてくれませんか」

ぺたり、と庄左衛門が座った。

「古証文が未だ残っていようとは」

「旦那は独り身のころ、深川仲町の奈良屋なる岡場所でおみねなる女と懇ろになった、その折り、おみねが懐妊したと言うて、かような起請文を書かされた覚えがございますね」

長い沈黙の時が流れた。

安房屋庄左衛門の心の中が千々に乱れていることは想像に難くなかった。そして、突然話が始まった。

「私はまだ安房屋の手代でね、まさか本家の婿になるなんて考えもしなかった時期でしてね、商いの帰りにふと情欲に襲われ、上がったのが奈良屋でした。敵娼はおみねという色の白い女郎でした。月に一、二度逢瀬を重ねて、私に安房屋の婿にと話があった直後に、おみねが懐妊した子を産みたい、あなたには迷惑はかけないと言い出しまして、若気の至りで後先も考えず、この起請文を認めたのでございますよ」

「起請文を書いたあとも関わりは続いておりましたか」

「いえ、安房屋の婿に決まった折りに十両を渡し、関わりは断ちました」

「大人しく引っ込みましたか」

「いえ」

「この起請文をタネに強請られたのでございますな」

「私が安房屋の婿になったとどこでどう知ったか、店の前をおみねがうろつくようになった。その度に私は冷や汗を掻いて、都合のつく金子を渡しておりました。その強請りが五、六年も続いたでしょうか。ある日、おみねが、娘が大きくなったから、お店に見せに来ると言うんで、それは困ると押し問答した覚えがございます。ともかくなにがしかの銭を渡して帰ってもらいましたが、私は生きた心地もしませんでした」

「それでどうなりました」

「不思議なことにおみねはぴたりと姿を見せなくなりました」

「そのころに死んだのでございましょうな」

「そうでしたか」

「ところで庄左衛門様、おみねとの間にできた娘とは一度も会ったことはないのですね」

「ありません。おみねは真に私の子を産んだのでしょうか」

と庄左衛門が呟いた。

「分かりません。わっしらがこの起請文を手に入れたのは、吉原で半籬のお職を張っていた遊女が心中仕立てで殺されたからにございます。殺した者は、かような起請文の一通を取り戻そうとしていたのです」

ぽかん、と安房屋庄左衛門が説明を続ける仙右衛門を見た。

「私の他にも起請文を書いた者がいたのですか」

「他にふたりほど」

「ということはおみねが産んだ娘は私の子ではないとも言えますので」

「女郎がつく一番安直な嘘にございますよ。失礼ながら安房屋様は長いことおみねの嘘に惑わされてこられた。いえ、おみねが娘を産んだことはたしかでしょう。だが、今となってはだれの子か分からないと言えますすな」

「なんてことです」

と膝に置いた手がぶるぶると震えていたが、突然、安房屋庄左衛門が狂ったように笑い出した。その様子は長年胸の中に蟠（わだかま）っていた閊（つか）えが大きかったことを物語っていた。

笑い終えた庄左衛門が仙右衛門に、

「吉原の、その起請文買い取らせていただきます」

と険しい顔で言った。

「安房屋の旦那、買い取ることはできません」

「今の私なら二百両や三百両の都合はつきます。若いころの遊びの証しは始末しておきたいのです」

「ならば、勝手にお持ちください」

仙右衛門が手にしていた起請文を庄左衛門の膝に置いた。

「えっ、これを」

「お持ち帰りになるなり、この煙草盆の火種で燃やすなりなされまし」

仙右衛門が煙草盆をすうっと、膝の前に押した。

「吉原はこの起請文をただで始末してよいと言われますか」

庄左衛門が訝しい顔で念を押した。

「世の中にあってよいものではございますまい。わっしらの知りたいことはおよそ分かりました」

仙右衛門の言葉を確かめるように頷いた庄左衛門が煙草盆の火種に起請文の端をつけると、

ふうっ

と息を吹きかけた。すると紙に火が燃え移り、屋根船の中に炎が上がった。

四人の男たちはそれぞれの想いを込めて、炎が燃え尽きるのを見ていた。庄左衛門の手に起請文の端っこが残った。

幹次郎の胸に、

若き日の　恋の燃えがら　楓川

という五七五がただ過った。

「吉原会所に借りができましたな」

平静な声音に戻った安房屋庄左衛門が言った。

「安房屋の旦那、会所はかような始末をするのも役目のうちなのでございますよ」

「私はこれまで一度も吉原大門を潜ったことはございません」

「安房屋の旦那、吉原は男と女が色事に現を抜かすばかりではございません。気晴らしに太夫と季節の花を愛でながら酒を酌み交わし、清談に時を過ごすのも吉原の遊び方にございます」

「えっ、そのようなことがございますので」

「大店の主様になればなるほど心身に疲れが生じ、溜まります。浮世の憂さ晴らしに花魁を呼んで清遊なさるのも一興にございます。そのようなお気持ちになられた折り、大門右手の吉原会所に声をかけてくだされ。いつでもどのような御用にも応じます」

「分かった、近々お邪魔しますよ」

庄左衛門が手に残った起請文の端を障子の隙間から楓川に投げ落として、

「御免なされ」

と言いながら、屋根船から姿を消した。

「なんの役にも立たなかったな、番方」

「浩次郎さん、起請文のうち一通が殺しに関わりないと分かったのだ。わずかながら、刺客の足元に歩み寄ったということですよ」

と仙右衛門が言い切った。

二

新場橋に泊めた屋根船の船頭が戻るのを待って、船を木挽町河岸の船宿に戻した仙右衛門と幹次郎は、新下谷町に無駄を承知で足を向けた。

殺された突き出しの莉紅が吉原に入ってから馴染客になった左官の棟梁を訪ねてのことだ。

西ノ久保通りの左官の親方掛家虎次郎は、女房がふたり目の子を産んだ直後、産褥熱で亡くなり、ふたりの幼い娘を抱えることになった。だが、同じ家に先代の親方夫婦が住んでおり、義母がふたりの面倒をみるのでなんとか暮らしを立てていた。

女房のお初が亡くなって三年が過ぎたころ、義父であり、師匠でもあった助五郎は婿の虎次郎に、

「お初のことは忘れて後添いをもらいねえ」

と勧めた。だが、

「その気にはなれませんや」

と断わった。

虎次郎は家付きの娘のお初と相思相愛で祝言を挙げ、お初の亡くなったあとも先代の家に同居してきたのだ。

新たな嫁をもらうとなると、気の強い義母とうまく折り合いがつくか案じられた。またお初との突然の別れに気持ちの整理もついていなかった。

末娘が三つになろうとしたころ、仲間に誘われて吉原の大門を潜り、偶然にも張見世で目を合わせた莉紅と閨(ねや)をともにした。それが縁でひと月に一度の割で吉原に通うようになっていた。

そのことに気づいた義父の助五郎が、

「虎次郎、おめえはお初の菩提(ぼだい)は十分に弔ったよ。近ごろ女ができたようだし、どうだ、その女と一緒になる気にはなれねえか」

と勧めたものだ。

「義父(とっ)つぁん、気持ちは有難(ありがて)え。だが、おれが付き合う相手は銭で片がつく女だ。家に入れられるような女じゃないよ」

「四宿の女郎か」

「いや、吉原の女郎だ」

と応じたが、深川仲町で手入れを食らい、吉原に三年の刑期（つとめ）で放り込まれた女郎とはとても言えなかった。義父助五郎の再三の親切を、

「おりゃ、この家でお梅（うめ）とさくらといっしょに暮らしていければ満足だ。ひと月一度の隠れ遊びはおっ義母（か）さんには内緒にしてくれまいか」

と願ったとか。そんなわけでひと月に一度だけ、吉原の大門を潜り、昼遊びを繰り返してきた。

こんなことを千惷楼の遣手のたねが承知だったのにはわけがある。

あるとき、昼遊びに虎次郎が千惷楼に上がろうとしたら、前夜からの客が未だ莉紅の座敷にいるという。

虎次郎は、

「ならばまた別の日にしよう」

と背を向けかけると遣手のたねが、

「親方、私の部屋で少し待たないか。なあに四半刻とは待たせない。昨夜（ゆうべ）からの客だ。直ぐに帰るからさ」

と引き止められ、未練を胸底に残していた虎次郎は遣手部屋に通った。

そこで遣手に根掘り葉掘り訊かれ、口車（くちぐるま）に乗せられ、虎次郎は女房のいない

事情などをたねに告げていた。

莉紅が吉原に入ってのち馴染になった客を教えろと仙右衛門に迫られた番頭の田蔵はたねと相談し、客の中でもいちばん素性のはっきりとしている左官の親方掛家虎次郎を紹介したというわけだ。

新下谷町の裏通りに面している掛家家は代々の左官職の親方の家系らしく、家の構えもきちんとしていた。

吉原の長半纏（ながばんてん）を裏に返して着た仙右衛門が孫と遊ぶ爺様を舅（しゅうと）の助五郎とみて、声をかけた。

「ご隠居、ちょいと虎次郎親方に話があって来たんだがね」

と柔らかな口調で告げると仙右衛門と幹次郎を見返して、

「おまえさん方、何者ですね」

と問い返した。仙右衛門は隠居の助五郎に正直に、

「吉原会所の者だ」

と告げた。すると助五郎が、

「さくら、婆様のところに戻りな」

と孫娘を家に戻して、仙右衛門らに向き直った。

「どんな用だね、うちの親方にさ」

「親方がなにかしたというわけじゃ決してない。親方に訊きたいことがあってお邪魔したんだ」

「ふーん、婿は独り者だ。吉原で遊んでだれに咎め立てされる謂れもないがね」

「全くだ。そのことは分かってこうしてお邪魔したにはわけがある。人が殺された騒ぎの探索でさあ。だが、親方が関わっているなんて話は小指の先ほどもございませんや。うちも手がかりが摑めず困った挙句にこうして馴染客の間を問い合わせて回っているところなんでございますよ」

仙右衛門の口調はあくまで丁重で正直だった。それは相手の助五郎にも伝わったとみえた。

「まさか殺された相手が婿の馴染の女郎というわけじゃあるまいな」

「ご隠居、それがそうなんだ」

「そりゃ、訊き込みに来たくなるな。だが、虎次郎は虫一匹殺せる男じゃやねえ。孫にも手ひとつ上げるわけでもなく育てている。親方の今の普請場は、麻布御簞笥町の永昌寺だ。うちで待つのもいいが、婆さんは知らないことだ。それに孫の耳にも入れたくねえや。普請場を訪ねるといい」

と教えてくれた。

ふたりは丁重に頭を下げて、新下谷町からほぼ真西に八、九丁（約八百七十〜九百八十メートル）離れた永昌寺を訪ねた。庫裏の漆喰壁を三人の弟子と塗り直していた虎次郎が、ふたりの訪問者を見て、足場から下りてきた。

「吉原会所がおれに用か」

「親方、わっしらの正体がよく分かりましたね」

仙右衛門が笑いかけた。

「莉紅のことなんだろ。会所には凄腕の侍がついていると仲間から聞いたこともあるし、ときに見かけたこともある。だから、顔を承知なんだよ」

「親方、いかにも莉紅のことだ。親方の知恵が借りたいとこうして普請場にまで押しかけてきた」

頷いた虎次郎は三人の弟子に後片づけを願い、井戸端に行って手足を洗うとさっぱりとした印半纏を着込んで、

「南部坂に煮売り酒場があるが、そこでいいかえ」

とふたりを誘った。

南部坂は筑前福岡藩黒田家の中屋敷、信濃松代藩真田家の中屋敷、美濃大垣藩戸田家の上屋敷に囲まれて、窮屈そうに麻布谷町にある坂だ。その角地に縄暖簾の掛かった煮売り酒場はあった。

周りが大名屋敷だけに、町人と武家屋敷奉公の中間小者が半々の客層だった。それだけに店構えから卓、器に至るまで清潔に手入れされていた。

「いらっしゃい」

と男の声に迎えられた三人の客を見て、

「おや、虎次郎さん、今日は早い上がりじゃねえか」

と店の主らしい男が声をかけた。

「ちょいと話があるんだが、小上がりを貸してくれないか」

「まだ客はいないよ、どうぞ」

と三畳ほどの広さの板の間に上がった虎次郎は、

「親父、酒と適当に見繕ってつまみをくんな」

と願った。

幹次郎も仙右衛門も親父に会釈だけして小上がりに座った。小さな卓を挟んで向き合った虎次郎が、

「ここんところ仕事が立て込んで吉原にご無沙汰しているが、なにか起こりましたかえ」

仙右衛門の顔を見て、用件を促した。

「最後に親方が大門を潜ったのはいつのことですね」

「かれこれ二十四、五日前かね」

その答えは千惷楼の番頭田蔵から聞き出した言葉と同じだった。

「莉紅の身になにが起こりました」

「髪洗いの行われる日中に莉紅が客と心中をやらかした」

「心中だって、そんなばかな」

と虎次郎が絶句し、しばし考え込んだ。

「莉紅は心中をやらかすような女とは思えないがね。客のおれが言うと嫉みに聞こえるかもしれないが、あの女に間夫がいたとは思えない」

と応じた虎次郎の顔に驚きと訝しさが綯い交ぜにあった。

「親方、ぶっちゃけよう。心中に見せかけた殺しだ。莉紅は客の直島屋佳右衛門って、横川の船問屋の若旦那と殺されたんだ」

と本題に入った仙右衛門がざっとこの数日に起こった騒ぎを告げた。

その間に酒場の小女が酒とつまみを運んでくれた。その間だけ当たり障りのない話をして間を空けた仙右衛門が終わりまで話を告げた。

ふうっ

と大きな息を吐いた虎次郎が燗徳利の酒を三人の猪口に注ぎ分けたが、だれも直ぐには手を出さなかった。

「で、会所はなにが知りたくておれに会いに来たんだね」

「莉紅が深川仲町の女郎屋で手入れを受けて吉原に突き出されたのは承知でしたか」

「最初に上がったときに聞かされたから知っていたよ。でもよ、あの女が深川にいたなんて。四宿でもない岡場所で泥水に浸かっていた女郎とは思えねえよ」

と疑いを呈した。

「親方、仰る通りだ。手入れに遭った莉紅と吉原に現われた莉紅とは全く別の人物なんでございますよ」

「なんでまたそんなことが」

虎次郎の顔に新たな驚きが走った。

「すり替わった経緯は土地の御用聞きが亡くなっていたので詳しくは分からんが

ね、要はなぜ吉原に自ら入り込むようなことをしたのかが分からねえ。こたびの一連の騒ぎには、親方が馴染んだ女の生まれが関わっているようでね、こうしてふたり雁首揃えて邪魔をしたってわけだ」

虎次郎はまだ口もつけずにいた猪口に手を伸ばすと、舐めるようにして呑み、少し得心したような顔を見せた。そして、

「おめえさん方も付き合ってくれないか。莉紅の弔い酒だ」

と言った。

この言葉に虎次郎の人柄が滲み出ていた。頷いた仙右衛門と幹次郎は、無言で猪口を取った。

「親方、莉紅に惹かれた理由はなんですね」

「おりゃ、根っからの職人だ。吉原なんぞで遊び慣れてねえ。あの女が初めて馴染んだ女郎と言っていい。だから、他の女郎と比べようもないが、おれが頭で考えていた女郎とはどことなく違ってな、まるで素人娘を相手にしているような感じがしたんだ。いや、座敷で話をしているときのことだ。ところがさ、情を交わす段になると、年上のおれが翻弄された。女郎が客に見せる表情は嘘と承知しているが、あいつの顔は真なのか嘘なのか、摑み切れないところがあった。閨で乱

れたあと、ふと、素顔に戻ったとき、莉紅は辺りを気にしているような眼差しを見せた」

「気にしているとはどういうことですね」

「怯えていると言ったほうがいいかね」

「莉紅は何者かに脅されていたと言われるか」

うーん、と唸った虎次郎が、

「一度だけ千奩楼に泊まったことがある。後にも先にも一度だけだ。夜中に莉紅が魘されていた。寝汗だか冷や汗だかをびっしょり掻いてよ、おれに縋りついて首まで絞めようとした。それでおれも目覚めた。おれが莉紅って、何度も名を呼びながら揺り起こすと、目を覚ました莉紅が、『親方でしたか、またあの夢を見てしまった』とほっとしたように呟いた顔が忘れられねえ」

「また見てしまったという夢について話してくれましたかえ」

「だれかに追いかけられていると曖昧に護摩化したがね。あいつの客の多くが、おれと同じようにさ、莉紅の謎めいたところにどこか惹かれて通っていたんじゃないかね」

「親方、莉紅を落籍して嫁にしようとは考えませんでしたので」

「あの女は、お梅やさくらの母親にはなれねえよ。それにおっ義母さんが受け入れてくれまい。だから、ひと月一度の逢瀬でよかったんだよ」

と答えた虎次郎が、

「なにかねえ、いっしょに寝ているとき、女の体はたしかにおれの傍らにある、ときに絡み合っていることもある。だが、あいつの心は遠く別の場所にあるようなそんな気がしたことが再三再四あった。女郎ならば客に身は売っても心は売り渡すわけじゃねえ、そんなことは百も承知だ、だからおれも自惚れちゃあいないけどさ。あいつはたしかになにかに怯えていたよ」

「莉紅は小さいころの話とか身内の話とかを漏らしたことはございませんか」

「ううーん、滅多に自分のことを話したことはねえがな。あるとき、父親が幼いときに出かけたままで帰ってこない、顔もよく覚えていないみたいなことを漏らしたことがあったな」

「父親が家出をしたんで」

「いや、御用で出かけたまま戻ってこないみたいな感じだったがね。ところであいつは町屋育ちかねえ」

「町屋でないとすると武家屋敷で育ったと思われるので」

幹次郎はふたりの問答を黙したまま聞いていたが、汀女が莉紅は手跡も文もなかなかのものだったと言ったことを思い出した。

「町屋の暮らしをよく知らないんじゃないかと思ったことがある。吉原に来て初めて大風呂に皆といっしょに入ったと漏らしたことがあったっけ」

「親方、莉紅は突き出しで吉原では稼ぎがない女郎だ。親方に金をせびったりしたことはございませんかえ」

「それはねえ。もっとも、黙っててもこちらからそうしたくなるように仕向けるなにかがあった。だからさ、遊び代とは別になにがしか莉紅に渡していたよ。といって、その金に執着している様子はなかった」

「親方、深川も苦界ならば吉原も苦界だ。なぜあの女、吉原に自分から身を沈める真似をしたんでございましょうね」

話をふたたび戻した仙右衛門の問いに虎次郎が、猪口を手にじいっと考え込んでいたが、

「莉紅はだれかを吉原で待っていたのかね」

と呟いた。

「待つとは落籍するような客をですか」

「いや、そんな感じじゃねえ。朋輩には嫌な女郎だったのは楼の雰囲気で分かった。だが、客には情けを尽くしたよ。それでいて、本気で客のだれにも落籍してくれなんて頼んだことはないんじゃないかね」

「親方、莉紅は最前から言うておるように深川仲町の女郎屋にいた莉紅とは別人だ。だが、どこから現われたとも知れない女に深川以来の馴染客が従っていた。ひとり目がこたび心中に見せかけて殺された直島屋佳右衛門、そして、ふたり目が肥後屋って竹問屋の旦那、三人目が城内の頭と呼ばれる謎の客だ。この三人目の客は町人ではないと思われる」

「吉原の、深川にいなかった莉紅に馴染客があるわけもない。その三人、莉紅の身辺を見張っていたのかね」

「身辺を見張るとはなんでございましょうね」

「思いつきを口にしただけだよ」

と言った虎次郎が、

「ひょっとしたら、三人目の莉紅の馴染客だがな、おれ、承知しているかもしれないぜ」

幹次郎と仙右衛門が虎次郎を見た。

「おれがあるとき、ふらりと昼見世の吉原を訪ねたと思いねえ。千惷楼に行ってみると、莉紅は客がいるというので、おれが戻ろうとすると遣手のおたねさんが、私の部屋で無駄話をしていかないかえ、って誘ってくれたんだ」

ふたりはたねが話してくれたときのことだと咄嗟に思った。だが、虎次郎の好きなように話をさせた。

「たしか、四半刻もおたねさんと話しているうちに前の客が大階段を下りて、莉紅が見送っていった。大階段の途中でよ、一瞬客が立ち止まり、莉紅を振り返った。ご丁寧にも被った頭巾の顔がおたねさんの部屋の薄く開いていた障子に向けられた。そのとき、頭巾から顔が零（こぼ）れて見えたんだ。けっこうな年寄りでよ、それが城内の頭と呼ばれる侍だろう」

「年寄りでしたか」

「ああ、還暦（かんれき）を過ぎた年寄りの顔だったな。吉原では奴のことを知らないんだな」

「なにもまだ分かっていないんでございますよ」

「おりゃ、知っているぜ」

とあっさり虎次郎が答えた。

「城内の頭の正体を承知ですか」

ああ、とちょっぴり自慢げな顔をした虎次郎は、

「広敷番之頭古坂玄堪様だ」

「親方、どうしてそう言い切れますので」

「おれが千憃楼で見かけた数日後、おれは仲間に呼ばれて御普請奉行の支配下で漆喰塗りをすることになったんだ。半蔵御門内の漆喰壁を急に塗り直すことになったとか。おれは漆喰塗りじゃちょっと知られた職人でよ、城内での御用を頼まれることもあるんだ。おれが半蔵御門内大番所裏の漆喰壁を塗っているとき、あの年寄りの武家が通り過ぎていったんだ。ありゃ、間違いなく、千憃楼の莉紅の客だったよ」

「それでどなたかに尋ねられた」

「おお、ちょいと知り合いの大番所の門番にな。すると広敷番之頭古坂玄堪様だと教えられたんだ。そして『古坂様はなんでもいくつも名をお持ちで役目によって変えておられるそうな。じゃがこれは噂でな、真実は分からぬ。おまえもさようなことに関心を持たぬことじゃ』と釘を刺されたんでさあ」

「人違いということはありませんな」

「あの深い皺だらけの老猿のような顔を見間違えるものか」

と虎次郎が言い切った。

「この話、だれかにしましたかえ、親方」

「いや、今が初めてだ」

「親方、こいつは忘れてくだせえ。親方に危難が降りかからぬともかぎらないや」

「番方、頭巾の侍が莉紅を心中に見せかけて殺したのかえ」

「ただ今は、なんとも言えません。だが、こいつは嫌な感じがする。わっしらの勘を信じて口を噤んでておくんなせえ。お梅ちゃんとさくらちゃんのためにね」

険しい仙右衛門の顔を見た虎次郎がごくりと唾を呑み込んで頷いた。

三

「神守様にもはやいちいち説くこともないが、吉原女郎の売れっ子になる秘訣は、『一に顔、二に床、三に手』でございますよ」

南部坂の煮売り酒場の前で左官の親方虎次郎と別れたふたりは、吉原を目指していた。そのとき、仙右衛門が不意に言い出した。むろん幹次郎もこの遊里の格言は幾たびも耳にしていた。

一に顔とは、美形であること、整った顔立ちのことだ。それと同時に姿態を加えた外見をいった。

二に床とは、閨の中の性技、客をもてなす技巧だった。

三に手とは、手練手管のことで、客に甘えてみたり、情愛を込めて泣いてみたり、ときに嫉妬心を見せたり、と客の心をゆさぶる感情表現のあれこれだ。

「神守様、顔と体ばかりは親から受け継いだもので、吉原でも変えることはできませんや。とはいえ、化粧や衣装であるていどは変えられる、そこで化粧の仕方を姉様女郎から習う。二と三が吉原の各楼の腕の見せ所でね、床上手には仕込めるし、手練手管も教え込める。そうやって吉原では禿から振袖新造、さらには太夫へと育てていく。ところが莉紅って女は、深川仲町で女郎をやってきたのも嘘ならば、どこからやってきたのかも分からない。それでいて、吉原の半籬でお職を張るまでになった。どういうことでございましょうね」

「番方、莉紅は吉原の秘術をあっさりと出し抜いた女子と言われるか」

「素人女に出し抜かれたような気持ちで釈然としませんや。それでいて、なにも分かっちゃいない」

「虎次郎親方から得難い話を聞けたのではないか」

「わっしは厄介がまたひとつ増えた感じが致します」

「ほう、なぜだな」

「広敷番之頭は、城内大奥広敷の警備、監察をすべて握っておられる役職にございますよ。老中・留守居支配、持高四百俵、役料二百俵十人扶持、お目見以上でございましてね、決して身分は高くはありません。ですが、大奥、中奥、表の情報に通暁しておりますれば、老中から下々の者までの弱みを握っておるのでございますよ。城内の頭とだけ知られていた莉紅の客のひとりが、名やら貌を役目によって変える人物で、広敷番之頭、いわばお庭番のような職掌となると、厄介極まりございませんや」

と仙右衛門が言った。

「となるとこの探索、どうなるのでござろうか」

「事がここで終わってくれるとよいのですがな」

「莉紅の詮索はこれ以上できぬということか」

「なにやらわっしらの知らないところで大きな影が動いているようでどうにも居

か」

「一に顔、二に床、三に手が教え込まれるのは、吉原のような遊里だけであろう

心地が悪い」

しばらく黙って歩いていた幹次郎がふと漏らした。

「どういうことでございますな」

「広敷番之頭は、大奥の広敷の警備、監察を掌る役職と申されたな」

「へえ、たしかに申しました」

「大奥も吉原と同じく女子だけの暮らしではござらぬか」

「えっ、莉紅は大奥にいた女子ではないかと申されるので」

「なんとのう、そう思っただけだ」

幹次郎の言葉に仙右衛門が考え込んだ。

「姉様は莉紅が手跡、文章もなかなかと評価した。虎次郎親方も、町屋育ちではないのではと感じていた」

「大奥にいた女子が吉原に出たなんて話は聞いたこともないや。ともあれ、上様を客に見立てれば大奥の女子衆も姉様株の老女からあれこれと閨の秘技を教え込まれて、上様のお心を摑もうとするのは容易に察しがつく。だが、大奥ばかりは

近くにすら寄ったことがないので、推察でしかものが言えません」

「いかにも」

「わっしらが莉紅としか知らない女は、どのような秘密を抱いて吉原に潜り込んできて殺されたのか」

「なにも分かっておらぬな」

「かように進展のない探索も珍しい。もし神守様の勘が当たって大奥から吉原に来た女子なら、この騒ぎ、早晩消されましょうな」

「ならば、その前に城内の頭に会う手もある」

なんと、と仙右衛門が言い、足を止めた。しばし沈思した番方が、

「当たって砕けろだ」

「だが、こいつは命がけになる」

「それしか打開の策がないならば前に進むしかない。神守様には汀女様がおられる」

「番方とて、お芳さんがおる」

しばし互いの顔を常夜灯の灯りで睨み合ったふたりは、半蔵御門に向かって行き先を変えた。

左官の親方の虎次郎が言ったように、火除明地の弓馬稽古場と称する幕府管轄の土地の一角に広敷番之頭の屋敷はあった。

すでに夏の日は落ちて半蔵御門前には灯りが点されていた。

この半蔵御門から麴町一丁目が西に向かい、外堀の四谷御門を越えて十三丁目まで長々と内藤新宿へと延びていた。その麴町一丁目の短冊形の町屋の北に水堀で囲まれた一角があって、そこが幕府の弓馬稽古場であった。

ふたりは麴町を二丁目まで進み、そこから北へと延びた道に入ると、広敷番之頭、吉原の千惷楼で、

「城内の頭」

とだけ知られた莉紅の客のひとりらしい古坂玄堪の屋敷に辿り着いた。

「さあて、どうしますな」

仙右衛門が幹次郎に尋ねた。

「番方、ここまで来たのです。正面突破しか策はございますまい」

「吉原会所を名乗って面会を願うということですか」

「鬼が出るか、蛇が出るか」

「手はないんだ、当たってみますか」

広敷番之頭は身分も家禄もさほど高くない。

だが、拝領屋敷は弓馬稽古場に接して千数百坪の広さはありそうで、外から庭木が鬱蒼（うっそう）と繁茂（はんも）しているのが見えた。

拝領屋敷は、小は町方同心の百坪から大は御三家の大名地の十万坪を超えるものまであれこれ、何千あるのか。どこもがそれぞれの体面を保つために庭木の手入れは定期的に行っていた。

だが、この広敷番之頭の屋敷だけはもう百年以上も手入れがなされていない感じで、鬱蒼と庭木が茂っていた。その繁茂した敷地から他人を寄せつけぬ険しい空気が漂ってきた。

仙右衛門が拳（こぶし）で訪いを告げるために表門脇の通用口をこつこつと叩いた。だが、全く応答がない。しばらく間を置いて叩くと、

「どおれ」

との門番の声がした。

「古坂玄堪様に呼ばれてきた者にございます」

「何者か」

「吉原会所の者にございます」

仙右衛門が応じると門の内側で戸惑いの気配がして、

「頭に呼ばれたというが、たしかか」

「へえ」

仙右衛門の返答に迷いはなかった。

「待て」

通用口の外でふたりは四半刻以上も待たされた。

夏のことだ。蚊が飛んできたがふたりは耐えた。

水堀の流れる音だけが響いて、それがなんとか両人の気持ちを鎮めた。

およそ半刻ほど過ぎた頃合、不意に通用口が開いて、

「入れ」

と許しが出た。

幹次郎は藤原兼定を腰から抜くと右手に提げた。利き腕の右手に持つことで危害を加える意思がないことを示して見せた。だが、幹次郎は左手で刀を使う稽古を密かにしてきた。ゆえに左手でも刀を使えぬことはない。

武家方の用人風の黒羽織が独り、ふたりの風体を確かめるように見た。

その他に門内に人影はなかったが、幹次郎は闇の中からふたりを見つめる人影

を意識した。

「吉原会所の番方を務める仙右衛門にございます」

「同じく吉原会所の神守幹次郎にござる」

互いに名乗った。

だが、相手は無言裡にふたりを眺めているだけだ。

仙右衛門も幹次郎も同じく無言で相手に対した。

相手が息を吐いた。

「頭はそのほうらを呼んだ覚えはないと申されておられる」

「おかしな話にございますな。わっしらは呼ばれたから、かような夜分にお伺いしたものにございます」

「用件はなんだ」

「呼ばれた側に用件の推察をつけろと申されますかえ。千惷楼の莉紅の心中沙汰ではないかと思われます」

また沈黙があった。

「この先に通ればそなたらの命の保証はできかねる。それでも頭との面会を求めるや」

「このまま屋敷の外に出たところで頭の陰供のご一統がわっしらを襲うのは目に見えてまさあ。どうせ襲われるのなれば、城内の頭に会うて肚を割ったほうが、わっしらが生き残る道がありそうだ」

「さあてどうかのう」

と応じた黒羽織が、両人に背を向けて歩き出した。

仙右衛門と幹次郎は黙って従った。

表門の内側には鉤の手に曲がって石畳が玄関先まで延びていたが、玄関に辿り着く前に黒羽織は西に向かって庭へ通じる様子の枝折戸を抜けた。

するとそこには暗黒の闇、異界が広がっていた。

案内役の前に黒衣の者が独り姿を見せて、提灯の灯りを点した。なんとも乏しい灯りだった。

黒羽織に案内されてふたりは鬱蒼とした森を蛇行しながら進んだ。

ときに空堀に架かる橋があったり、隧道を抜けたりと敷地の中が複雑怪奇な造りになっていて、訪問者を惑わした。

どれほど歩いたか、滝の音がして森を抜け出た。泉水の上に突き出た東屋にこの屋敷の主がいるのが見えた。

煙草を喫っているのか、ぼおっとした灯りが主の顔を浮かばせた。虎次郎が千春楼の遣手部屋から見たという皺だらけの顔のようだった。

「お頭、会所の番方と神守幹次郎なる者にございます」

うむ、と受けた古坂玄堪が、煙管で用人風の家来を追い払った。

仙右衛門と幹次郎は東屋の軒下でただ立っていた。

長い刻限が過ぎたあと、

「招かれもせぬ者が姿を見せおった」

「そう仕向けたのは古坂玄堪様ではございませぬか」

「ほう、なぜそのような言辞を弄するな」

「莉紅なる深川の女郎が突き出しで吉原に入った経緯を古坂様に説く要はございますまい。深川仲町以来の馴染でございますればな」

仙右衛門の説明になにも応えない。

「深川にいた莉紅なる女郎と吉原に現われた突き出しは別の女子、それを城内の頭様は深川以来の馴染として吉原で莉紅と懇ろになっておられた。だが、どう見ても女郎と客の関わりではない」

「吉原会所とは客と遊女の閨まで関心を持つか」

「いえ、吉原の仕来たりの中での付き合いならば、わっしらが首を突っ込むこともございませんや。だが、古坂様と同様に深川以来の馴染と称して千尋楼に登楼してきた直島屋佳右衛門様と莉紅が心中を装って殺されたとなれば、わっしらも黙って指を咥えているわけにはいきませんので」

「仙右衛門といったか、世間には辻褄が合わぬことも答えが出ぬこともある。おまえらはひとつの騒ぎが起こるたびに自らの得心のいくような答えに出会うて安心し、それで一件落着となすのであろう。だがな、世間は広い、人も多い。欲望や嫉妬、野心だけが殺しの動機ではない。動機のない心中もあるということを考えたことはないか」

「と、考えたほうが世間も落ち着く」

「莉紅なる女子と直島屋の若旦那の死もまたさような心中と申されますか」

「両人の他に杉ノ市という按摩、直島屋やそなた様と同じく深川以来の客として千尋楼に上がっていた肥後屋與太郎、さらには深川の白木屋重兵衛なる十手持ちと、こたびの心中騒ぎの周辺で怪しげな殺しが発生しております。これ以上の死は起こり得ないと古坂様は申されますか」

「さて、それはわしが与り知らぬことじゃ。もはやなにごとが起こったとしても吉原の外のことではないか」

「目を瞑れと命じられますので」

「そのほうが賢い生き方、長生きもできよう」

「釈然としませぬな」

「申したぞ。世の中は辻褄が合うことより釈然とせぬことのほうが多いとな。それを吉原会所の使い走り風情が藪を突くと、さらに厄介が生じる」

「脅しにございますか」

「仙右衛門、われらは駆け引きも脅しもせぬ。行いだけで生きてきた」

と古坂玄堪は淡々と言い切った。

「忘れよ。それが仙右衛門、神守幹次郎、夫婦円満に長生きできるただひとつの道じゃ」

「吉原の千惷楼にて、心中仕立てで殺された女子は、どこから来たのか、どのような狙いで半籬の女郎をやらされていたのか、お答えはいただけないのでございますな」

「最前すでに答えたぞ」

仙右衛門が無言の幹次郎を見た。

「古坂玄堪様、われらの手に起請文が二通ございます、いや、最初は三通。そなた様が通っておった千惷楼の莉紅の部屋の畳の下からわれらが見つけました」

幹次郎の言葉に、初めて古坂玄堪の落ち着いた挙動に乱れが生じた。

「なんのことか」

「二十年も前に深川仲町の奈良屋にいた女郎のおみねが馴染客からそれぞれ受け取った起請文でございましてな。そなた様との間に生まれた娘が二十歳になった暁（あかつき）には、家財を譲るといった約定でございました。一通目は、勘定吟味役の伊奈秀直様による起請、伊奈様はただ今は勘定奉行に出世なされておられます。二通目は江戸の老舗の主どののものですが、本日、このお方とお会いして、こたびの騒ぎには無縁とわれら判断致しましたゆえ、その起請文、われらの前で火に燃やして消えましてございます」

幹次郎の言葉を古坂玄堪がじいっと耳を欹（そばだ）てて聞いていた。

「三通目は、肩書きなし、姓名のみの者が約定した起請文、柘植芳正というお方によるものです。つまりはそなた様のことではございませんか」

「ふうっ」

古坂玄堪が大きな息を吐いた。

「吉原に入った謎の女子が三通の起請文を持参していたということは、その女子こそ奈良屋のおみねの娘とも考えられる。だが、女子はこの起請文を使った様子はございません。われらが会った商家の旦那も若いころの過ちの起請文があることは常々気にかけておられたが、われらが持参して確かめるまで、その女子本人からはなんの脅しめいたこともなかったと答えられた。ゆえにわれらはその起請文をこの世から消した」

「あとの二通はそなたの手にあるのか」

「いえ、伊奈様の起請文は吉原会所の頭取四郎兵衛が本日、伊奈様に会うてお戻しすることになっております。残るは柘植芳正なる人物の起請文のみ」

「それをどうする気か」

「古坂様、吉原会所は廓内の安寧（あんねい）のために存在する組織にございます。世間を騒がすためにあるのではございません。ゆえに起請文の三通のうち、二通はすでにこの世から消えたと申してよいでしょうな」

「残るは柘植芳正の一通だけか」

「はい。それがし、この柘植芳正様の起請文の存在が突き出しとして吉原に入った女子の命を奪い、客が巻き添えになり、按摩と御用聞き、それに馴染の客が殺された理由かと推察致します。違いましょうか、古坂様」

「さあてのう」

「柘植芳正の娘が心中仕立てで殺された女子にございますか」

と仙右衛門が質した。

「言うたぞ、世間には放っておいたほうがよいこともあるとな」

「お教えいただけませぬか」

「神守幹次郎、そなた、なかなかの腕前と聞いた。だがな、われらが影の者が全力を挙げて潰すとなれば、そなたら夫婦だけではのうて御免色里の存在如何(いかん)にも関わる大戦(おおいくさ)となる。脅しと思うならばそう思ってもよい。吉原が官許の看板を下ろし、四宿以下の岡場所になってもよいのだな」

古坂玄堪の言葉には脅しだけで済むとは言い切れぬ真情があり、

「あとは四郎兵衛の判断に任せよ。それが吉原の生き残る道ぞ」

と言い足した。

東屋からの帰路、幹次郎と仙右衛門に案内方はつかず、灯りも持たされなかった。勝手に表門への道を辿れということであろう。

四

番方の仙右衛門と神守幹次郎が二丁の駕籠を連ねて大門前に還り着いたのは、朝六つ半過ぎのことだった。大門前に金次ら会所の若い衆がいて、うろうろしていた。前の駕籠から仙右衛門が姿を見せると、

「ば、番方、どこに行っていたんで」

と問いかけながらも安堵の声に変わった。

「心配かけたな」

幹次郎も後ろの駕籠から下りると駕籠舁きが揃えてくれた草履を履いて、

「ご一統に徹宵をさせたようじゃな、悪かった」

と詫びた。小頭の長吉が会所から姿を見せて、

「七代目もおふたりも夜半を過ぎてもお戻りがねえ、いや、こんなに胆を冷やしたことはございませんや」

「七代目もどこかに参られたか」

「へえ、南町奉行所に呼び出されたんでございますよ。使いが来たのが昨夜の五

つ（午後八時）の刻限でしたか。そして、つい半刻前にお戻りになったんでございますよ」

「座敷におられるか」

「はい、おふたりの帰りがないと申し上げると、黙って座敷に入られました。わっしらにはなにが起こっているのか、さっぱり分からないもので、どう動いてよいか案じてました」

長吉が正直に戸惑いを告げた。

「小頭、すまなかった。まず七代目に会いたい。お尋ねしてくれないか」

と仙右衛門は願い、両人はようやく大門を潜った。

城内の頭こと広敷番之頭古坂玄堪との面会が終わったあと、拝領屋敷の東屋でふたりは解き放たれた。だが、往路と違い、案内方はいなかった。何百年も生い茂ったような森の中で表門を探して歩くのは、危険極まりないと思った。

黒々とした森は殺気に満ちていた。ふたりが一歩踏み込めば、広敷番がふたりに襲いかかってくるのは目に見えていた。

「森を抜けねば門には辿りつけませんぜ」

「入ればわれらは闇の中で射殺されような」

「どうしますえ」

切羽詰まった仙右衛門の声だった。

「待つしか手はない。朝を待つのだ、番方」

幹次郎と仙右衛門は拝領屋敷の敷地の中、広がりのある泉水の縁で明け方を待つことにした。

地の利は相手方にあった。また闇の異界に慣れた連中でもあった。ならば夜明けを待って行動を起こすほうが少しでも生き延びる機会があると考えての決断だった。

この考えが功を奏したのか、ふたりが襲われることはなかった。

早い夏の夜明けを待って、日が差し込む東の方角に向かって森を突っ切った。

そして、広敷番之頭の拝領屋敷の表門に到着した。門番がふたりを見て、

「ようも無事にこの世に戻れましたな」

と嫌味とも驚きの言葉ともつかないことを言った。その言葉が幹次郎らの運命を予感させたが、ふたりは怪我ひとつなく麴町の表通りに出て、期せずして同時に大きな息を吐いた。

麹町三丁目にある番方が承知という駕籠屋に願って、ふたりは吉原に急ぎ戻ってきたのだ。一方、吉原会所頭取の七代目四郎兵衛は、南町奉行所に呼ばれて一夜を奉行所で明かしたという。

幹次郎も仙右衛門も、深川仲町から突き出しとして吉原に送り込まれてきた莉紅なる女子のもたらした一連の騒ぎはどうやら山場を迎えたと思った。

土間で待つふたりの前に長吉が戻ってきて、

「七代目は朝湯に入っておられます。おふたりも朝湯へと申されております」

四郎兵衛の言葉を伝えた。

四郎兵衛は悩みや考えごとがあるとき、朝湯に入り、幹次郎らを呼んでお喋りすることがあった。

仙右衛門が頷き、幹次郎も従って七軒茶屋(しちけんぢゃや)山口巴屋の湯殿(ゆどの)に向かった。

吉原会所を仕切る四郎兵衛は引手茶屋山口巴屋の主でもあるのだ。もはや楼から茶屋に引き揚げてきた客たちは朝湯に浸かり、朝餉を食して、次の吉原登楼を約して大門をあとにしていた。

ために広々とした湯殿には四郎兵衛の姿しかなかった。

「四郎兵衛様、ご心配をおかけしまして申し訳ございません」

洗い場に入った仙右衛門が湯船に浸かった四郎兵衛に詫びた。

「番方と神守様もどこぞで一夜を過ごさざるを得なかったようだね。まあ、湯船に浸かって疲れを取りなされ」

と応じた四郎兵衛の声音に疲労と諦観のような感情があることをふたりは察した。

かかり湯を使い、湯に浸かった。

温めの湯が徹宵させられた五体に沁みて、生きてあることをしみじみ教えてくれた。

三人はしばらく無言で湯に浸かっていた。意を決したように仙右衛門が、油商安房屋継四郎改め庄左衛門を呼び出し、話を聞いたあとに起請文を安房屋に返し、その場で燃やして燃えかすは楓川に流したことを告げた。

「莉紅が隠し持っていた起請文の一通がこの世から消えましたか」

「はい」

「私もそなた方との打ち合わせ通りに勘定奉行伊奈秀直様に面会し、部屋住みだった秀直様が深川仲町でおみねなる女郎と懇ろになり、子を産ませたことがあるしたな」

「勘定奉行の要職にあるお方がようも正直に昔の放埒時代のことを話してくれま

ことを聞かされました」

仙右衛門が驚きの言葉を口にした。

「なにしろ起請文を持っているのはこちらですからね」

「それにしても権柄ずくで脅しをかけるのが城中のお偉い様方ではございません
か」

「番方、秀直様は伊奈家の三男でな、勘定吟味役の長兄の部屋住みとしてひっそりと暮らす生涯だと諦めておられた。そんな折り、義姉が不憫に思い、時折、小遣いをくれたそうな。そんな金で深川仲町の奈良屋のおみねと懇ろになったのです。

秀直様は気さくなお方でな、まさか自分が伊奈家の当主になるなど夢にも考えてなかったそうだ。ところが長兄、次兄と相次いで病で亡くなり、なんと伊奈家を秀直様が継ぐことになった。苦労のひと通りをご存じだし、なにより聡明にして謙虚なご気性でな、それゆえ勘定吟味役からとんとん拍子に勘定奉行の幕閣にまで昇りつめられたのですよ。私もそのようなお人柄を聞かされておりましたでな、正直にすべてを申し上げました。すると、『おみねとのことは、予の犯した生涯一度の過ち、おみねの子がおるならば、できることはしたい』とおっしゃいました。

そんなやり取りがあって、『伊奈秀直様とおみねの間に真に子が生まれたのか、あるいはおみねが子を産んだとしてもだれの子か、分かりません。殿様、若い時代の放埒はだれにもあること、もはや古き思い出にしてお忘れください』と起請文をお返ししてきた」

「これで二通目がこの世から消えましたな」

「番方、そういうことです。伊奈様としばらく清談をして気持ちよくお屋敷から吉原に帰ったと思いなされ、そこまではよかった」

と説明した四郎兵衛が湯を手で掬い、顔を洗った。

「ここに戻って四半刻もしたころのことです。五つの刻限でしたかな、南町奉行池田長恵様から急なお呼び出しがありましてな、南町にとりあえず駆けつけることになりました」

四郎兵衛が話を転じた。

吉原は官許の遊里であり、町奉行所の監督下にあることは周知の事実だ。直接には奉行所の隠密廻り同心によってその権限が行使される。ところが、元吉原から新吉原に変わって、廓内の治安や警備は吉原会所が受け持ち、奉行所の出先機関である面番所の権限を、かたちばかりにして骨抜きにしていた。面番所の隠密廻り同心、御用聞きの手当、三度三度の二の膳付きの食事、送り迎えの舟の供与などを用い、吉原が長年かかって、

「表向きの監督は面番所、実際の自治権は吉原会所」

という廓内の仕来たりを作り上げてきたのだ。

むろん南北町奉行が交代した折りなど、奉行の吉原巡視がかたちばかり行われた。これも慣習のひとつで、奉行が吉原会所に具体的になにかを命ずることはまずない。そのために吉原は数百両から千両を超える多大な出費をしていた。

それが突然、南町奉行池田長恵直々の呼び出しだという。

南町奉行は前年の寛政元年（一七八九）に山村良旺から池田長恵に代わったばかり、吉原会所と新任の南町奉行池田との間に胸襟を開いて話し合う体制ができていなかった。

「どのような用事にございましたか」

「番方、私が数寄屋橋に着いたのが五つ過ぎのことでしょうな。それからたっぷ

りと三刻ほど独りで放っておかれました」

「なんと」

と仙右衛門が呻いた。

「そして池田長恵様がおひとりで私が待つ座敷に参られ、こう申された」

「四郎兵衛、江戸町二丁目の千惷楼で相対死があったそうじゃな。莉紅と申す女郎と客は直島屋佳右衛門なる町人と聞いておる」

「お奉行様、いかにもさようでございます。一見心中沙汰に見せかけておりましたが、その実、殺しと思えます。それが証しにこの女郎と関わりがある按摩、御用聞き、馴染の客が次々に殺されて、口を封じられております」

「四郎兵衛、予が聞かされた話とはだいぶ違うようじゃな」

「と、申されますと」

「莉紅なる女郎は心中した相手に落籍させて、廓の外で生きる心積もりであった。じゃが、直島屋では放蕩者の兄を見限り、親類一同を集めて談義の末に弟が直島屋の跡継ぎに決まり、佳右衛門は無一文で落籍どころではなくなった。ために悲観して」

「お奉行様、お言葉を返すようでございますが、莉紅なる女郎、いささか正体が知れぬ女子にて、ただ今会所にて鋭意(えいい)取り調べ中の者にございます。それによりますと」

「黙れ、四郎兵衛。予の耳にした話に間違いがあると申すか」

「いえ、そうではございません」

四郎兵衛がものを言いかけたとき、隣座敷に人の気配がした。

「四郎兵衛、世間には光もあれば闇もある。ふたつが表裏一体となってこの世の中を形作っておる。見る人が見れば光と思うものが、他人の目を借りれば闇ということもある。四郎兵衛、そなた、吉原会所の頭取を何年務めてきた」

「親父の跡を引き継ぎまして二十年近くにございましょうか」

「そうものが見えんようでは次の世代に跡を譲ることを考えてはどうだ」

「はっ」

四郎兵衛はその場に平伏(へいふく)した。

吉原会所は、莉紅の背後にいる何者かの虎の尾を知らぬ間に踏んでいた。

襖が開く音がした。

「四郎兵衛、面(おもて)を上げよ」

という池田長恵の声に四郎兵衛は、顔を上げた。

隣座敷に継裃姿の武家が青白い顔で端座していた。

四郎兵衛の知る人物だ。だが、その人物はひと言も言葉を漏らさなかった。そして、襖がまた閉じられた。

しばし沈黙のあと、池田が言った。

「相分かったか」

「四郎兵衛、ようやく見方を間違えていたことに気づかされました」

と答えるしか術はなかった。

「……南町での会談は終わったが、奉行所を出たのは明け方であった」

と四郎兵衛が話を終えた。

「七代目が見られた人物とはだれにございますか」

「番方、私があの世まで抱えていく秘密ですよ」

重い沈黙が湯殿を支配した。

長い沈黙のあと、仙右衛門が重い口を開いた。

「四郎兵衛様、安房屋の旦那と別れたあとのことです。わっしら、このまま手ぶらで吉原に戻るのも肚の虫が治まらないや、気色も悪い。莉紅の馴染客のひとりに左官の親方がいるのを遣手のおたねから聞き出していましたんでね、虎次郎親方の普請場、麻布御箪笥町の永昌寺を訪ねたんでございますよ。そしたら、虎次郎親方が快くわっしらの話に付き合ってくれましてね。莉紅って女が駆け引きなしに心を許していた客はこの虎次郎親方だけかもしれない、とわっしらは思いましたので。この虎次郎親方が城内の頭の身許を承知していたんでございますよ」

「城内の頭の身許が分かったと言われるか」

「へえ、広敷番之頭古坂玄堪と申される御仁なんでございますよ」

ちっちっちち

と四郎兵衛が舌打ちした。

「神守様とふたりで会いに行かれたか」

「はい」

「城内の頭と会えたのですね」

「麴町の裏手に火除明地の弓馬場があるのは承知していました。ですが、広敷番之頭の屋敷があろうとはこの歳になるまで知りませんでしたよ」

と前置きした仙右衛門が古坂玄堪との会見の模様と夜明けを待っての脱出を語った。

「わっしらが何をしたってんです」

「吉原会所の務めを果たしてきただけだ、番方」

「それをこたびは城中のどなたかが嫌がっておられる」

「そういうことです」

「あと一通、起請文が残ってございますな」

幹次郎が口を挟んだ。

「柘植芳正なる人物でございましたな」

微(かす)かな手がかりを見つけたように仙右衛門が言った。

「神守様、番方。伊奈様に会うことを考え、私は伊奈様の書かれた起請文を持って吉原を出ました。三通目の起請文は座敷の手文庫に入れて出た。戻ってみたら、柘植某の起請文は消えておりました」

「会所に忍び込んだ者がいた」

「その刻限、私は南町奉行所に引き止められ、神守様と番方も広敷番之頭の屋敷に足止めを食っていた。その間に忍び込んで手文庫から持ち去った者がいた」

四郎兵衛の声は疲れ切っていた。

「最後の手がかりまで持っていかれ、吉原は好き放題に引っ掻き回され、そのくせ、なにが起こったのかわっしらには見当もつかない」

「番方、私どもはこの吉原をすべて承知していると自惚れてきた。だが、なんとも抗し切れない力があることを思い知らされた」

仙右衛門と四郎兵衛の言葉には虚脱感、無力感が滲んでいた。

四郎兵衛が湯船からよろめくように洗い場に上がった。幹次郎が思わず手を添え、洗い場に座らせた。

「頭取、背中を洗わせてください」

「神守様、そなた様は仮にもお武家様ですよ」

「いえ、それがしは吉原会所の裏同心なる陰の者にございますよ。考えてみれば、三通目の起請文が盗まれてよかった。こうして四郎兵衛様の背をそれがしが流すことができるのですからな」

「だれかが会所に忍び込んで起請文を見つけるために私は南町奉行所に足止めを食らい、神守様と番方は広敷番之頭の屋敷で夜明けを待たされた」

「そのお蔭でわれらの命が三つ助かった」

幹次郎は四郎兵衛の背中を優しく労わるように洗った。

半刻後、幹次郎と仙右衛門は山之宿六軒町の裏路地にある呑み屋にいた。吉原で隠れ遊びした男たちがこの町内の湯屋に入り、湯豆腐かなにかで一杯やる安直な酒場だ。

幹次郎は初めてだが、仙右衛門は若いころ、始終世話になった酒場らしい。老夫婦ふたりだけで切り盛りしていた。

「父つぁん、今日は酔い潰れるまで呑む。迷惑ならそう言ってくんな」

と小上がりに腰を下ろした仙右衛門が最初から宣言した。

「番方、好きなようにしな。もう客は明日の朝まで来ねえよ」

仙右衛門が黙々と呑み続ける姿を幹次郎は初めて見た。

夏にわざわざ湯豆腐を誂えてもらい、ふたりは冷やの酒で湯豆腐を突いた。

「神守様、どうにも腹の虫が治まらないや。人の命をなんだと思ってやがるのか。莉紅、直島屋佳右衛門、按摩の杉ノ市、肥後屋與太郎、御用聞きの白木屋重兵衛、どいつもこいつもまともな野郎とは言い切れないかもしれねえ。だが、無駄に死んでいいわけもない」

「番方、こう考えられないか。われらが見つけた起請文のうち、少なくともふたつは長年の懸念を消し去ることに役立った、とな。安房屋継四郎改め庄左衛門様、伊奈秀直様の長年の心がかりをわれらが拭い去ったのだ」

「殺された者は殺され損ですかえ」

仙右衛門が幹次郎に絡むように言った。

「そうではない。だが、それがしは、こうして番方と酒が呑め、四郎兵衛様の背中を流せる喜びのほうを考えようと思うのだ。世の中には逆らえば逆らうほどどうにも足掻きが取れないことがある。姉様と追っ手にかかって逃げ回っていたとき、その日見舞われた悪い出来事より、どんな些細なことでもよい、気持ちに残った人のことを記憶に留めておこうと考えるようになったのだ。辛いことばかりに思い悩むと行きづまる。番方にはお芳さんがいて、それがしには姉様がいて元気で帰りを待っておる。そのことのほうが大事なことと、番方、そう思われぬか」

幹次郎は仙右衛門に口にできぬことを胸中で考えていた。

莉紅の父親は、勘定奉行の伊奈秀直でもなく油商の安房屋庄左衛門でもなく、柘植芳正ではないか。つまりは古坂玄堪だ。

母親は女郎のおみねだろう。古坂は、深川の女郎に産ませた娘が美貌の主に育ったのを見て、大奥に送り込んだ。

なんのためか、自分の探索の耳目として使うためだったかもしれない。

大奥でなんと呼ばれていたか知れないが、莉紅は大奥で字も文も厳しく教え込まれた。ゆえに吉原の遊女が書くような文など容易く読めて書けた。

あの大奥から深川を経由して吉原に突き出しで出された経緯は、やはり父親古坂の命によるものだろう。

古坂はなにを吉原で調べよと莉紅に命じたのか。吉原には武家方から町人まであらゆる階層の男たちが出入りする。

秘密には事欠かない官許の遊里だった。数多の情報を得るためか。

また、別の見方をすれば、吉原から性の秘密を盗み出すように父親から莉紅は命じられていたのかもしれない。大奥へ、その秘技を伝えるためだ。

父親の手先として使い捨てられる運命の莉紅が時折本性を明かしたのは左官の虎次郎くらいだったかもしれなかった。虎次郎と座敷にいるとき、素人娘のような表情や言動を見せたり、反対に朋輩を蔑む言辞を弄したりするのも、父親の配下として動かされていることへの憤懣の一端か、反動ゆえかもしれなかった。また、虎次郎が一夜泊まったときに怯えたような眼差しをしたり魘されたりしたのは、与えられた職務への嫌悪であったか。

古坂玄堪は客として娘の莉紅のもとに通っていた。遣手らが見抜いたように親子ゆえに当然閨をともにしていなかった。通ったのは、莉紅が忠実に命に従っているかを知るためだろう。

すべてが幹次郎の推量に過ぎなかった。

最後になっても謎だけが残された。

四郎兵衛を南町奉行池田長恵に呼び出させて無言の圧力をかけた人物はだれか。南町奉行や広敷番之頭を自在に使えるのは将軍家斉の側近中の側近の御側衆か、老中のひとりだろう。となれば莉紅の行動は、家斉の意を受けてのことか。

四郎兵衛は間違いなくそれを自分だけの胸に秘めて吉原を守り抜く決意をなしたのだろう。となれば打つ手はなかった。

（そういえば、深川の無庵老人からも何も連絡はないな）

と幹次郎はふと思った。

やはりすべてが終わったのだと無力感に見舞われた。

呑み屋の軒先に吊るされた風鈴が鳴った。

風鈴と　夏のゆどうふ　憂さばらし

幹次郎の脳裏（のうり）にただ言葉が散らかり過った。

第四章　抜け参り

一

翌日から神守幹次郎は下谷山崎町の津島傳兵衛道場にふたたび日参を始めた。

このところ千惷楼の心中仕立ての殺しに始まる一連の騒ぎで道場に通うこともなく、体を動かしていなかった。ために錆落としをしたくて通い始めたのだ。いや、正しく幹次郎の気持ちを表現するならば、もやもやとした気持ちを払拭したい一念だった。

あの日、山之宿六軒町の老夫婦の営む隠れ処のような酒場で番方の仙右衛門は酔い潰れた。

幹次郎は日が落ちるのを待って駕籠を雇い、仙右衛門を乗せて山谷町の柴田相庵の診療所の敷地内の家まで送っていった。

お芳が酔い潰れた仙右衛門を目にして驚きの表情を見せたが、言葉にはしなかった。ただ、幹次郎に、

「世話をかけました」

と詫びた。

「お芳さん、世話などなにもしておらぬ。それがしも番方と同じように酔い潰れたかった。友なればそうすべきであった。だが、昔、討ち手に追われて姉様と逃げ回った日々の記憶が消えてはおらなかったようだ。できなかった、そのことを悔いておる」

「神守様」

「黙ってわれらの醜態(しゅうたい)を受け止めてくれぬか」

と言い残した幹次郎は一礼すると柴田相庵の診療所を出た。すでに駕籠は銭を払い、戻していた。

診療所の門を出ようとすると暗がりから、

「迷惑をかけたな」

と相庵の声がした。

「迷惑をかけたのはお互いです」

「なんとのう、千惷楼の噂は伝わってきた。吉原が心中をきっかけに奇妙な騒ぎに巻き込まれているとな」

「相庵先生、終わりました」

「そうか、それが仙右衛門が酔い潰れた理由か」

とだけ相庵が答え、

「世間には得心したくてもできないこともある。仙右衛門の気性ではなかなか納得できないことであろうがな」

「いかにもさようです」

「神守幹次郎という朋輩がいて、仙右衛門は救われた。礼を言う」

相庵に一礼した幹次郎は浅草山谷町から山谷堀を渡り、田町の左兵衛長屋に戻ろうとした。その途中、山谷堀の土手下に下りて嘔吐した。腹に溜まった得心できない思いをすべて吐いた。

両刀を手挟んだ武士として恥ずべき行いと分かっていた。だが、腹に溜まったものを吐き出さずにはいられなかった。最後の胃液の一滴まで吐き出した。

吉原会所に身を寄せて四年半になるが、初めての経験だった。

嘔吐した痕跡を消そうと長屋に戻った幹次郎は井戸端で口を漱いで、顔を洗った。その気配を察した汀女が井戸端に来て、

「お戻りなされましたか」

と言い、黙って頷く幹次郎の顔を見て、言葉を呑み込んだ。

これほど疲弊し切った亭主を見たのは汀女も初めてだった。顔を上げて汀女を見返す幹次郎の目に光るものがあった。

「もはや長屋の方々はお休みにございましょう。井戸端で裸になられ、水を被ってさっぱりなされませぬか」

幹次郎は素直に汀女の言葉を受けて、両刀を抜くと女房に渡し、袴を脱いだ。汀女は袖を手繰り、帯の間に挟むと釣瓶で水を汲み、鬱々とした亭主の気持ちを洗い流すようにいつまでも幹次郎の体に掛け続けた。

家に戻った幹次郎は汀女に手拭いで体を拭われ、寝間着に着替えさせられた。まるで母親が赤子にするような世話を幹次郎は黙って受け、敷かれていた寝床に転がり込むと三刻ほど熟睡した。目覚めた幹次郎の枕元にふだん着が用意してあった。それを身に着けると、

「姉様、下谷山崎町に行ってくる」

と汀女に言い残し、津島傳兵衛道場に向かった。

この朝から剣術に没頭(ぼっとう)し、無心に体をいじめ続けた。

一方、番方の仙右衛門は酔い潰れた翌日から会所には出たが、疲弊し切っていて小頭の長吉らも声をかけられなかった。

吉原でなにが起こったか、表面に現われた千惷楼の心中沙汰を装った殺しに始まって、按摩杉ノ市の絞殺などのことは長吉らも理解していた。だが、突き出しの莉紅を名乗って吉原に入り込んだ女子が何者で、この女子を中心になにが起こっているのか、長吉らは知らされていなかった。わずかに四郎兵衛、仙右衛門、そして幹次郎の三人が一連の殺しの真相を探ろうと動いたが、

「巨大な力」

の前に封じられてしまった。

仙右衛門の疲弊し切った虚脱の様子から漠然と、この騒ぎの探索が禁じられたことは分かった。長吉らは黙って見守るしかなかった。

吉原はわずか二万七百六十余坪の遊里だ。だが、この官許の遊里が内包する力は、ただ、

「性を売り買いする場所、欲望を満たす里」

を超えて大きかった。

吉原が江戸に発信するものは衣装、化粧など文化風俗全般にわたり、政、商の場として使われ、あらゆる流行の発信元と自負してきた。

吉原会所はその吉原を仕切ってきた、と勘違いしていた。その力を城中はあっさりと封殺した。

仙右衛門は道理は分かっていた。だが、廓の内外で理不尽に人が五人も殺されたにもかかわらず、探索は封じられた。そのやり切れない思いが仙右衛門を悩ましていた。廓内で生まれ育ち、吉原会所という吉原の自治と権益を守る、

「権力」

の中核にいたひとりとして矜持が敗れ去り、拠り所を失っていた。

その点、幹次郎は、

「剣」

に縋るという救いがあった。

ひたすらに津島傳兵衛道場の門弟衆を相手に汗を流した。そんな稽古の日々が何日続いたか、傳兵衛が、

「昨今なんぞございましたかな」

と声をかけてきて、

「いささか鬱々としたことがございまして」

と答えた幹次郎を木刀稽古に付き合わせた。

このときの稽古は半刻ほど続き、門弟の全員が自らの稽古を止めて津島傳兵衛と神守幹次郎の、真剣勝負の如き攻防に見入った。

攻めと防御の役割が阿吽(あうん)の呼吸で交代し、ときに緩(かん)、ときに急(きゅう)の動きで一瞬たりとも目が離せなかった。

長いようでもあり、一瞬にして終わりを告げたような時の流れでもあった。

「津島先生、お蔭様で平常心を取り戻すことができました、お礼を申し上げます」

「神守どのにして平静を乱すとはな」

と笑みで応じた傳兵衛に幹次郎は、

「はい、思わぬ事態にございました」

とだけ答えていた。

「世間には答えの出ぬこともままござろう」

「そのことをつい失念しておりました」

「剣の道が救いとなりましたか」

「この数日、久しぶりに無心に稽古を続けて体に溜まっていた滓をすべて洗い流しました。また最後は津島先生にご指導いただきすっきり致しましてございます。これも剣術の功徳にございましょうか」

幹次郎の言葉に津島傳兵衛が無言で頷いた。

汗みどろの体を幹次郎が井戸端で拭っていると、道場の若い門弟重田勝也が姿を見せて、

「神守様、先生との稽古は、まるで鬼神と阿修羅が戦うておるような光景にございました。重田勝也、おふたりの稽古を見ながら、つくづく未熟を反省したところにございます」

と話しかけてきた。そんなやり取りを師範の花村栄三郎がにやにや笑いながら聞いていた。

「どちらが鬼神か阿修羅か知らぬが、己もまた津島傳兵衛先生の足元にも及ばずと改めて思い知らされ、先生がわが師であることをこれほど感謝したこともございません」

「えっ、互角に戦うておられたのではございませんか」

「勝也どの、先生がそう仕向けてくれたから、勝也どのの目にはそう映じたのでござろう。実態はまるで違います」

「そうか、そんなものか」

井戸端で重田勝也が腕組みして考え込んだ。そしておずおずと言い出した。

「神守様は眼志流なる居合術の達人にございますよね」

「勝也どの、それがし、眼志流の手解きをさる老剣術家から受けたことはござる。だが、流儀を会得したなど畏れ多いことです」

「でも、居合術を心得ておられるのですね」

「いくらかは」

「私、眼志流居合に触れてみたいのです。教えてください。本日から入門し、神守幹次郎様の門弟になります」

「重田勝也どの、この道場は香取神道流の道場、指導者は津島傳兵衛先生です。先生のお許しがなければそのような僭越なことはできません。真剣に居合を学びたいのであれば、まず津島先生のお許しを得てからのことです」

「先生のお許しがあれば教えてくれますね」

と勝也が念を押した。

「それがしが知り得るかぎりは」

よし、と自らを鼓舞するように言った勝也は、

「もはや本日は奥に下がられました。明日、願います」

と言うと井戸端から姿を消した。

この日、幹次郎が四つの刻限に吉原会所に向かおうと山谷堀から見返り柳を衣紋坂へと曲がろうとすると、仙右衛門とお芳の夫婦にばったりと会った。

「神守様」

と声をかけてきた仙右衛門の声がいつものしっかりとした声音に戻っていた。

「お早うござる。本日は夫婦でどこぞに出かけられたか」

「いえ、神守様が参られるのをお芳と待ち受けておりました」

「おや、またどうしたことで」

「過日、醜態をお見せしてその世話をしてもらいながら礼もまともに言ってなかったんでね。こうしてお芳と神守様にお会いしようと待っていたんです」

「番方、心を許した朋輩の間に礼の言葉など要りましょうか。それに、これまで

も何度も詫びの言葉は聞かされましたぞ」

「いえ、あの日以来、わっしは己と向き合ったことがなかったのでございますよ。それをお芳に、いつまでうじうじするの、兄さんらしくないと、叱り飛ばされました」

「おや、そちら様も女房どののほうがしっかりしてござるか」

「神守様も汀女先生の足元にも及びませんか」

「お芳さん、あの夜のことだ。それがし、そなたと別れて山谷堀まで差しかかったとき、胃の腑のものを最後の一滴まで嘔吐してしもうた。姉様にそのことを知られまいと長屋の井戸端でな、口を漱いでおると姉様が姿を見せて、下帯ひとつにさせられ、何杯も何杯も水を体に掛けられました。番方、醜態を見せたのはいっしょです」

「そのようなことがございましたので。しかし、神守様は次の日からふだん通りに道場に通い、稽古を続けておられた」

「それもまたあの一件を忘れるため。だが、忘れることはできなかった。番方、忘れてはならぬことなのでしょう」

「へえ」

と答えた仙右衛門が、

「最前、お芳に子が生まれると知らされました。そして、いつまでも過ぎ去ったことに拘る父親でいいの、と諭されました。わっしはその言葉に頭を殴りつけられたようでお芳の顔をまともに見られませんでした。ふたりで話し合い、こうして神守様にまず真っ先にお知らせしようと待っていたのでございますよ」

「番方、お芳さん、おめでとう。われら、未熟じゃな。生涯、女房どのには頭が上がりそうにない」

幹次郎の言葉に頷いた仙右衛門が、

「お芳、心配かけた。もう大丈夫だ。もとの仙右衛門に戻る。七代目にも詫びて、務めに精を出す」

との言葉をお芳が受けて、

「いってらっしゃい」

とふたりを吉原へと送り出した。

こうしてかたちばかりはふだん通りの日常が幹次郎にも仙右衛門にも戻ってきた。

数日後、津島傳兵衛道場で重田勝也に幹次郎は言われた。

「神守様、津島先生のお許しを得ました。神守様の務めを邪魔せぬように朝稽古の時間を避けて行えとのお言葉にございました」

「そうでしたか。ならば、稽古の終わったあと、四半刻ほど眼志流居合の稽古に当てましょうか」

師範の花村栄三郎も傳兵衛が認めたことを幹次郎に告げた。この日、傳兵衛は筑後国柳川藩の剣術指導に出かけていて道場は留守だった。ためにその日から、幹次郎と重田勝也は稽古着の帯に両刀を手挟み、眼志流の基本の稽古を始めた。その様子を門弟たちが興味津々に見ていた。

「勝也どの、それがしの居合術は加賀国湯涌谷の住人戸田眼志斎先生が創始なされた眼志流と出会うたことに始まりました。元々この流儀は加賀藩の居合の伝承を伝える有志方が、小早川彦内老先生のもとに集まり、眼志流の復活を目指して稽古をしているものでな、なんとものんびりとした気持ちのよい道場にござった。おそらく、それがしが習うた技は、小早川老先生がいったん忘れかけた藩伝承の居合の技を体系化され、小早川流儀に仕立て上げられたものと思う」

幹次郎は眼志流の基本の形、立ち構え、立膝構え、正座構え、胡座構えなどをゆっくりと抜いて見せた。それは小早川に教えられた形に幹次郎自らがのちに創意工夫を加えたものだった。

「えっ、座っても刀を抜けるのですか」

「勝也どの、眼志流は戦国の世が落ち着いた折りに始められた居合術であろう。ために戦場や路上で立ち合うだけではのうて、ふだんの暮らしの動きの中で刀を抜くことを想定され、工夫されたものと思う。正座、胡座ではおよそ大刀は差すことはござらぬ。だが、脇差や小さ刀は腰にあることもある。そのような実際の暮らしに即して抜き打つ稽古をした。ゆっくりとでよい、その動きを身につけることだ」

幹次郎は正座して膝の前、あるいは左側に置いた大刀を掴み、抜き打つ形を勝也に見せた。

「まさか座して居合が始まるとは思わなかったぞ。ふーん、膝の前の刀を持ち替えて、右手で柄を掴み、抜くと」

と言いながら大刀を抜こうとしたが、刃渡り二尺四寸（約七十三センチ）余の刀は鞘につかえて抜けなかった。

「えっ、どうして抜けぬのか。最近、背が伸びたゆえ手足も長くなったと思うたが、わずか二尺四寸の刀が鞘から出ぬ」

　と勝也がぼやいた。仲間たちが、

「勝也、刀も抜けんでは居合もなにもあるまい」

　と冷やかした。

「ならばそなたら、座して刀を抜いてみよ」

「よし」

　と次々に座して刀を抜く動作を試みたが、だれもできなかった。

「神守様、座して抜くより立って抜いたほうが相手の攻めに対応できませぬか」

「それもひとつの方法かと存ずる。それがしが習うた眼志流はいろいろな状況下での対応を身につけることを基本の教えとした。ゆえにかようなことを勝也どのに試してもらった」

「それより神守先生、眼志流はゆるゆるとした動きで稽古をして実戦に役に立つのでございますか。よう居合は鞘の中で勝負が決まると申します。このような緩やかな動きを稽古しても、ものの役に立つとは思えません」

　と勝也は勝手が違ったという語調で幹次郎に言った。

「そうだね、最初はこのゆるゆるとした稽古に疑問を持つ方もおられよう。だが、何百回何千回と稽古するうちに、このゆるゆると五体に刻みつけた記憶が実戦の場の技へと繋がっていく」

「そうかな」

と勝也が言いながら、今度は立膝での抜き打ちを試みた。これはどうやら独り稽古してきたようで抜くことができた。

「このほうが私には理にかなっているように思えます」

「よろしい、勝也どの。どこからでもよい、それがしに斬りかかってこられよ」

と応じた幹次郎が手拭いで両目を覆い、視界を閉ざした。そうして座し、藤原兼定を背後に置いた。柄は幹次郎の右側にあり、鐺（こじり）は背の左側に見えた。この刀を摑み、抜くためには左手で刀の鐺を摑み、鞘元へと手を移したあとに右手で抜く動作を経なければならなかった。

「神守様、竹刀（しない）に替えましょうか」

重田勝也が両目を閉ざした幹次郎に訊いた。

「心配無用、居合の稽古は真剣が基本にござる」

「私が斬りかかって怪我をしたり、万が一命を落とすような事態になっても知りませんよ」

「それがしの寿命にござろう」

「よし、そこまで申されるのならば、遠慮はしません」

勝也が幹次郎の座した正面から一間半（約二・七メートル）の間合を取り、腰に差した愛剣をそっと抜いて八双(はっそう)に構えた。そして、そろりそろりと幹次郎の前から左側へと回り込み始めた。

幹次郎は動かない。

勝也は幹次郎の背に回り込み、なおも幹次郎の右へと回り込んで、元の正面に戻った。そして、二周目、最前より緩急をつけて回り込み、三分の二周したところで反対側へと戻り始めた途端に八双の剣を幹次郎の左肩へ、

ええいっ

と気合とともに斬り下ろした。

幹次郎の体が座したまま、ふわりと勝也のほうに飛ぶと、背後に寝かされていた兼定を摑み、瞬時に抜き打ち、右手の手首が捻られて兼定の峰が勝也の胴を捉えて、道場の床へと転ばしていた。

「両眼瞑り峰打ち横霞(よこがす)み」

と幹次郎の口から言葉が漏れた。

二

花村栄三郎が勝也の上体を起こすと背中に膝で活を入れた。

「おーい、勝也」

と仲間たちが気を失った勝也の額に濡れ手拭いを載せて、名を呼んだ。

ふうっ

と息をした勝也が視線の定まらない眼差しを臼田小次郎らに向け、

「おれはなにをしておるのだ」

と問うた。

「分からぬか」

頭を振った勝也が、

「脇腹が痛い」

と言った。

「当たり前だ。神守様の峰打ちを食らったのだからな」

「ちょっと待て。おれが八双から神守様に強かに斬りつけた」

「夢じゃ、勝也。そなたの斬り下ろしが届く前に神守様の両眼瞑り峰打ち横霞みなる抜き打ちが決まっておった。あれが刃のほうなれば、そなた、今ごろ三途の川を渡っていよう」

「そなたら、見えたか」

「なにを見たというのだ」

「神守様の動きじゃ」

「定かではないな。体が虚空に浮いて光が走り、そなたの体がごろごろと床に転がっておったわ」

「なんと」

と漏らすとしばし絶句した勝也が、

「恐ろしや、神守幹次郎。神守様の申される通りに一から出直す。それしか、おれが居合を学ぶ道はない」

と呟いた。そして、よろよろと立ち上がり、壁際で様子を見ていた幹次郎の前に行くと、

「神守先生、あれこれと疑問を呈し、恥ずかしいかぎりにございました。一から出直しますゆえ、改めて門弟に加えてください」

と願うと、その傍らに勝也の同年の門弟小次郎らがいっしょに座し、

「お願い申します」

と願った。

「勝也どの、脇腹の痛みは大丈夫か」

「意識を取り戻したときは息もできぬほどでしたが、ただ今はだいぶ楽になりました」

「手加減したで骨は折れておるまいと思う」

「神守様、われらにも勝也と同じく居合の稽古をつけてくだされ、願い奉る」

と応じた幹次郎に、
小次郎らが頭を下げた。

「そなたらが眼志流居合を学びたいと申されるならば教えもしよう。されど勝也どののように師弟の関わりをかたちばかりでも取りたいと申されるならば、まず津島傳兵衛先生のお許しがいる」

「ならばわれらが先生にお願い申します」

「いや、これだけの人数が眼志流居合を学ぶとなれば、やはりそれがしが津島先生にご相談するのが筋であろう。そなたらの入門はそれからじゃ」

と応じてその日は終わった。

藤棚の傍らにある井戸端で幹次郎が汗を拭っていると、勝也がよろよろ姿を見せて、

「何年修行を続ければ神守様の域に辿りつけましょうか」

と力の籠もらぬ言葉で尋ねた。

「生涯こつこつと修行するのが剣の道かと存ずる。何年と限って修行するのは修行とは呼べまい」

「そうか、不肖重田勝也、生涯部屋住み、生涯剣術修行で一生を閉じるか。ああ、哀しやな、寂しやな」

「勝也どの、それはそれでまたひとつの生き方です」

「そう申されまするが、金に苦労し、親にも兄にも遠慮しながら生きる暮らしです。神守様のように吉原会所で用心棒を務められる身が羨ましいかぎりです。遊女が暮らす廓の裏同心ですからな、ときにおこぼれがありそうな」

「勝也どの、どのような奉公も主あっての務めにござる。そのようなおこぼれなど一切ござらぬ」

幹次郎は未決のままに探索の中止を余儀なくされた一件を苦く思い出した。心の片隅に生涯刻み込まれる記憶だった。

「そうかな、脂粉の香が漂う遊里の用心棒なんて、おれの理想だがな」

「神守どの、手加減などするべきではございませんでしたぞ。勝也の根性は全く直っておりませぬ。そのような甘い考えで世間を渡れると思うてか」

ふたりの問答に入ってきたのは師範の花村栄三郎だった。

「師範、分かっておりますって。ときに身の境遇への不満を漏らすのも、立場を忘れぬためです。われらは嫡子でないかぎり生涯飼い殺しの身ですからな。そうだ、抜け参りにでも行ってこようか。するとお伊勢様の御利益でなんぞ変わるかもしれぬ」

勝也が自問するように呟いた。

「抜け参りな。また伊勢に向かう町人がお店を抜けて伊勢に向かうのが流行っているそうだな」

と花村が勝也の話に乗って言い出した。

津島傳兵衛が不在ということもあって、道場がなんとなくのんびりとしていることはたしかだった。

「師範、老若男女が上方(かみがた)から越後(えちご)まで、在所から連れ立って伊勢参りに出ておるそうです。あの抜け参りもどうにも抗(あらが)いようのない暮らしの不満のはけ口のひとつにございましょう」

「だがな、武士の子弟が抜け参りに行ったとは聞いたこともないぞ」

「武士は知りません、犬はお伊勢参りに行くそうです」

「勝也、犬が何百里も旅して伊勢に詣(もう)でるなどあるものか」

「師範、それがあるんです」

勝也が幹次郎に峰打ちされた脇腹に濡れ手拭いを当てながら言った。

伊勢参りは江戸期の人々にとっては、

「一生一度の夢」

であった。

だが、生涯奉公の身でだれにでも伊勢参りができるわけではない。ところが伊勢神宮が新しく社殿を建て直す式年遷宮(しきねんせんぐう)の年が巡ってくると、日本じゅうから新社殿と旧社殿が同時に参拝できるというので、つい浮足立ち、例年以上に参詣人が多くなった。

何月も家を空け、路銀(ろぎん)を用意して伊勢参りできる人は限られていた。そこで庶民の伊勢詣での願望が無責任にもかたちになったのが抜け参りだ。

奉公先の仕事を放り出し、親兄弟にも黙って仲間と示し合わせて伊勢に向かうのだ。この、

「抜け参り」

がある年始まり、熱気を帯びて何百万人もの人々が伊勢に向かうことがあった。そのようなことができた背景には、沿道の人々が炊き出し、無料宿泊所など施行でもてなし、伊勢参りの手伝いをなしたことがあった。このような現象を、

「御蔭参り」

と呼んだ。この御蔭参りは江戸時代中ごろからほぼ六十年ごとに起こった。御蔭参りの最初は慶安三年（一六五〇）、次が宝永二年（一七〇五）、続いて明和八年（一七七一）にも起きた。

そしてこの年、寛政二年（一七九〇）にも御蔭参りが起こったというのだ。

「師範、犬のお伊勢参りは江戸からではありません。山城国の高田善兵衛なる者が飼っておる犬を代参にして名札を付けて伊勢を往復させたのが始まりだそうですぞ」

「なに、飼い主の名も分かっておるのか」

「むろんのことです」

「山城国からだとしても伊勢は遠かろう。ようも犬が道を承知していたな」

「師範、真になにもご存じございませんな」

「さように鼻の穴を膨らまして得意げに言いなさるな。それがしがなにを知らぬというか、勝也」

「犬がいくら賢いというて山城国から伊勢まで独りで行き、参拝して戻ってくるものですか。犬の首に木札と伊勢代参と記した書付を括りつけておくのです。すると犬を見た人が、おお、伊勢詣でのお犬様かと世話をして餌を与え、一夜の寝所を設けて、次の朝には伊勢に向かうしかるべき宿場まで申し送るのです。そのように次から次へと犬が伊勢街道を辿っていくと、御蔭参りの子どもたちもいる。犬と子どもは仲よしですから、いっしょになって伊勢への旅を続けて、ついには伊勢神宮の内宮本宮に辿りつくのです」

「勝也どの、その昔、姉様と流浪していた折り、伊勢には参宮できなかったが、北陸路で出会うた伊勢詣での信徒から、伊勢には様々な禁忌があると聞かされたことがあった。その一が喪中の者は参拝できないというものだったと記憶しておる、死は穢れじゃそうな。ゆえに古は僧侶も参拝できなかったという。犬を連れて境内に入ることは穢れるというのでこれまた禁止じゃと聞いた。今は犬でも参拝ができるのであろうか」

「へえ、その昔、犬もだめだったのか。でも、神守様、伊勢詣でをしたという山城国の犬は、内宮の前で人と同じように拝礼して詣でたそうですよ。だから、今ではお犬様も伊勢詣でができるのではありませんか。かように伊勢詣でをする犬は旅に出た折りに首に括りつけられた銭が減るどころか、増えて戻ってくるそうですぞ。別の伊勢詣での犬は一貫何百文も増えていたそうです」

「いい加減なことを言うでない、勝也。犬が銭を千数百枚も首に括りつけられてみよ、動きが取れぬ」

「小次郎、それが浅はかというのだ。伊勢詣での犬からだれも餌代など取りはしないのだ。反対に伊勢に参拝する奇特な犬ということで、なにがしか犬に寄進をしてな、銭が増えれば両替して軽くし、袋に入れて首に下げやすいようにして送り出すのだ。ために伊勢を往復して、道中で子を産み、親子で詣でた犬もいるというぞ。小次郎、われら、武士の端くれじゃが、犬に見倣うてお伊勢詣でに参ろうか。なんぞよいことがあるやもしれぬ」

「勝也、悪い話ではないな。部屋住みはいくら努力したとて生涯飼い殺しじゃ。

一度くらい世間がどれほど広いか知るのも悪くないな」

若手門弟の井戸端のお喋りは際限なく続く気配だった。

勝也らは住み込み門弟として津島道場で暮らし、剣術の腕を磨き、なんとしても婿養子の口がかからぬかと日々精進していた。だが、このご時世、そう容易く仕官の口などあろうはずもない。かといって、勝也らの年齢からでは他家に奉公もできない。先に望みがない暮らしはどうしても日々の精進の意欲が下がる。そのことを幹次郎も師範の花村もとくと承知していた。

憂さ晴らしのお喋りにしばらく付き合った幹次郎は花村栄三郎と道場に引き揚げ、着替えをすると、

「また明日参じます」

と別れの挨拶をして、津島道場を出た。

今日もぎらぎらとした日差しが江戸の町を照らしつけていた。

幹次郎は菅笠で日差しを遮りながら、いつものように寺町を抜けて東本願寺から浅草寺前の広小路に出た。すると幹次郎の脳裏に質商一家と奉公人の七人殺しに巻き込まれたときのことが思い出された。小川屋は総門の直ぐ傍らで暖簾を

上げてきたのだ。

通いの番頭らだけがふたりの押し込み強盗による奇禍を免れたが、跡を継ぐ者が見当たらないため、早晩質商を閉めたと聞いていた。

ちらり

と小川屋の路地奥を見て仲見世へと入った。

幹次郎は浅草寺境内から奥山を抜けて、吉原に向かおうと考えていた。仲見世も客の姿はまばらだった。

浅草寺本堂前まで来たとき、

「神守様、お久しぶりですね」

と本堂の回廊から声をかけられた。

艶のある声は出刃打ち芸人の紫光太夫だった。奥山の人気芸人のひとりで、美形だが色気は売らず芸だけで客寄せできる才を持っていた。このところ江戸を離れていたので、会う機会を失していた。

「師匠、無沙汰をして相すまぬ」

と幹次郎は菅笠を脱ぎ、頭を下げた。

「神守様、こちらが在所廻りをしていたのでございますよ」

幹次郎が紫光太夫を師匠と呼んだのは、小出刃投げの技を教えてもらった経緯があったからだ。

「いつ江戸に戻ってこられましたな」

「ひと月ほど前に奥山に舞い戻っていたのですが、いささか事情があって見世仕舞いをしましたので稼ぎになりませぬ」

紫光太夫が苦笑いした。

「なにかございましたか」

幹次郎は太夫のいる浅草寺回廊に上がり、向き合った。

「いえね、季節も季節、出刃打ちの見世物だけではなかなか客が集まりませぬ。越後路で娘五人を預かり、芸のあれこれを教え込みながら、江戸に戻ってきた途端、娘五人が消えたのでございますよ」

「余所の小屋に引き抜かれたか」

「未だそのような知恵のある娘たちではございません。隣の芝居小屋の子どもに誘われて、伊勢への御蔭参りに行ったようで、こればかりはどうにも手の打ちようがございません。そこでかように毎日、浅草寺様へお参りして早く無事に江戸に戻ってくるようにお願いしているところです」

「それは災難でしたな。されど、新入りの娘が抜けたところで、紫光太夫の出刃打ちは至芸、客はございましょうに」

「神守様に手伝うていただけるならば直ぐにも再開致しますよ」

と言った紫光太夫が、まあ、これは冗談にございますがと断わり、

「いえね、見世物小屋は寒い暑いは鬼門でございましてな、なかなかどこも客寄せができないのでございますよ。その点、御免色里の吉原はなにをしなくても、客がお見えになりましょう。羨ましいかぎりです」

「いえ、衣替えだ、菖蒲だ、と趣向を凝らしても六月は客足が遠のき、どちらの茶屋も妓楼も苦労が絶えないようでございますぞ」

と幹次郎は吉原の代弁をした。

「吉原でさえ、夏は客足が遠のきますか。奥山のしがない出刃打ち芸人の小屋に客が来ないのは致し方ないことですね」

「奥山と吉原に客足が戻るようにお参りしていこう」

幹次郎は賽銭箱になにがしか銭を投げ込み、合掌した。

と、回廊から階段を下りながら紫光太夫が訊いた。

「神守様のほうはお変わりございませんか」

「正直申していささか風変わりな騒ぎに気が滅入っております」

「おや、どのようなことで」

紫光太夫になぜ突き出しの莉紅の心中に見せかけた殺しの騒ぎを話す気になったか、あとになっても幹次郎は説明できなかった。だが、なんとなく差し障りのない範囲内で騒動の概要を歩きながら話して聞かせていた。

話を聞き終えた紫光太夫がしばし無言でそぞろ歩いていたが、

「その騒ぎ、終わったのでございましょうか」

とぽつんと呟いた。

「終わるも終わらぬも、得体の知れない力が吉原にかかり、潰されたのです。七代目は何年ぶりかの未決の騒ぎと申されておりました。もはやわれらの気持ちを揺り動かし、得心させてくれることなどありますまい。それとも太夫は、この騒ぎがぶり返されると申されるのでございますかな」

「いえ、なんとなくそう感じただけです。神守様や番方の腹立たしさがよう分かります」

「世の中にはどうしても抗えない出来事があるものです」

「御蔭参りなど戻ってくるのを待てばよいことですから、我慢のしようもございますか」

「そうかもしれません」

と幹次郎が応じたとき、紫光太夫の見世物小屋の前まで来ていた。

「太夫に吉原にお遊びに来てくだされと誘うのはなんですが、大門を潜る気持ちはございますか」

「おや、神守様がお誘いくださりますので」

「ふと思いついたことです。茶屋でわが女房どのと一夕酒でも呑むのも一興かと思うたのです。ただし、そのようなことができるかどうか、会所の頭取に相談してみます。奥山と吉原、互いに悩みや楽しみを話し合うてもよいかな、と思いついたことです。できるかどうかお知らせに上がります」

「吉原は男衆の遊び場、私のような芸人が出入りできるとも思えません。ですが、神守様のお気持ちだけは有難く頂戴します」

「太夫、当てにならぬかもしれぬが、七代目に必ず相談してみる」

と言い残した幹次郎は奥山から浅草田圃へと向かって早足に歩いていった。

三

幹次郎が大門を潜ったとき、面番所に村崎季光同心が立ち、懐手を襟からだらしなく突き出して顎を撫でていた。額に汗が光り、なぜか手拭いを首に巻いていた。

「体を動かされましたか」

「小者どもを指揮して面番所の前に葭簀を張り、朝顔を前に飾った。また朝方には御用で駆け回った」

と得意げに村崎が言い切った。

「風流なことをなされましたな」

「面番所は東に向いておるほうが朝早くから日が差し込む。ために暑いでな、わしが陣頭指揮をしてかような工夫をなした」

「よい汗を搔かれました」

「そなたもさっぱりとした顔をしているではないか。朝から汀女先生と一戦やらかしたか。汀女先生は女っぷりはよし、楚々として男心をそそるからのう、さもあらん」

「ご冗談を申されますな、遅くなったにはわけがございます。村崎どのが考えられるような不届きなわけではございません」

「そなたはうちの同心ではない。会所から食い扶持をもらう裏同心どのだ。わしにいちいち遅くなった言い訳をすることはないぞ」

「いえ、村崎どのはいつもそれがしの出勤の刻限を気になされますから」

「どうせ下谷山崎町の津島道場に稽古に出向いたと答えるのであろう。たまには女と密会したなどという話を聞かせぬか」

村崎同心は暑過ぎていつも以上にだらけていた。

「女でございますか。そういえば久方ぶりに美形と会いましたな」

「なに、ど、どこでじゃ、水茶屋でか」

「いえ、浅草寺の本堂前でございます」

「浅草寺で密会をなしたか、不届き千万ではないか」

「出刃打ちの紫光太夫に声をかけられたのです。見世物一座の娘が連れ立って抜け参りに出かけたとか。一座はお手上げ、この暑さもあって興行は休んでいるそうです。浅草寺には抜け参りの娘たちの道中の安全祈願に参られたのです。それがしがたまさか通りかかったというわけです」

「そうそう、紫光太夫一座が奥山に戻ったそうな。在所廻りで稼いだらしく、ふくよかな顔をしていたろう」

「おや、村崎どのははや太夫と会われましたか」

「なあに、暇に飽(あ)かして一座を久しぶりに見物したのよ。一段と腕を上げておったぞ」

「師匠ならば日々精進しておられますゆえさもありなんです。それがしもこれを機会にふたたび出刃打ちの稽古に努めます」

「どうもそなたの話には艶がないな。出刃打ちの稽古より太夫と懇ろになったなどという報告はないのか」

「ございません」

「そうか、あの一座にも抜け参りが出たか」

「おや、他にも抜け参りが現われましたか」

「知らぬのか、どうりで呑気(のんき)な顔をしておる。今朝方、浄念河岸(じょうねんがし)(西河岸(にし))の切見世で小火(ぼや)騒ぎがあってな」

「火事ですと、大変ではございませんか」

「おお、火事の声に面番所の一同に出張りの命を迅速に出し、吉原会所より早く浄念河岸に向かったと思え。すると切見世のおたけがごみを燃やしておる煙が立っておるだけで、火事ではなかった」

「それはようございました」

火を出すと、狭い廓内に櫛比する楼から楼に燃え移り、吉原が一気に炎上することになる。

「われらも会所の連中も、安堵するやら気抜けするやらのひと騒ぎがあったのだ。そなたはその間、剣術の稽古か。どちらがよいともいえぬな」

「村崎どの、抜け参りの話はどうなりました」

「おお、そのことじゃ。火事騒ぎの最中に廓内の禿が示し合わせて、大門を抜け出たと思える。六人の禿が、抜け参りに行くと置き文を残して姿を消したのだ。会所では各町の名主が集まり、談義の最中よ」

「それは知りませんでした」

　神守幹次郎は面番所から会所に急ぎ大門の内側を横切った。

　軒下で菅笠の紐を解き、腰から藤原兼定を抜くと手にして腰高障子を引き開けた。

土間には人影はなかった。だが、奥座敷から大勢の人の気配がして、話し声が漏れてきた。

村崎の言葉通りに四郎兵衛のもとに町名主が集まって善後策を練っている様子だった。土間の奥から金次が姿を見せて、

「神守様、三浦屋の四郎左衛門様他、名主方がお集まりにございます」

「金次どの、この吉原からも禿が抜け参りに出たと村崎どのに聞かされたが、さようか」

「へえ、伏見町の天神屋様でも禿が抜けたとか、困っておいでです」

「三浦屋でも禿が抜けたか」

薄墨太夫付きの禿の小花となったおみよのことを幹次郎は頭に思い浮かべた。

「いえ、さすがに三浦屋さんは躾が厳しいや、だれひとりいなくなっていません」

と小声で答えた金次の言葉に幹次郎は頷き、

「奥に通ったほうがよいかのう」

「番方は、神守様が参られたら座敷に顔を出すようにと言い残されました」

幹次郎は上がり框の端に草履を脱ぐと、板の間に上がった。

仲之町に向いた格子窓から暑い風が吹き込んできて、会所の中のどんよりとした空気をかき乱した。

幹次郎は吉原育ちの娘たちが伊勢までこの暑さの中、道中できるであろうかと、ふと案じた。

廊下から四郎兵衛の座敷に向かうと、四郎兵衛を囲むように五丁町のそれぞれの名主が顔を揃えていた。

「神守様、お見えになりましたか」

四郎兵衛がどことなくほっとした顔で幹次郎を見た。

「廓でも抜け参りが発生したそうでございますな。出勤が遅くなり、申し訳ございません」

「どこぞで抜け参りの話を聞かれましたか」

「津島傳兵衛道場で若い門弟衆が話しておるのを耳にした帰路、浅草寺本堂前を通りかかりますと、奥山の出刃打ち一座で娘たちが五人抜けて商売がお手上げと紫光太夫が申しておられました。娘たちが道中無事に伊勢詣でを済ませて一日も早く戻ってくるように太夫がお参りしているところにそれがしが行き合わせ、抜け参りの話を聞かされたのでございます」

「どうやら、江戸じゅうに蔓延（まんえん）しそうな勢いですな」

三浦屋四郎左衛門が困った顔をして、

「最前から話し合うてきたように、大門の見張りを厳しくして、これ以上廓内に広がらぬように致しましょうぞ」

「三浦屋さん、これからの話も大事ですが、こたびの抜け参りの六人をなんとしても取り戻してくださいな。奥山の出刃打ち芸人の娘とは吉原の禿はかけた金子が違います」

天神屋初蔵（はつぞう）が苦い顔をして三浦屋に言った。

「天神屋さん、長吉たちが六郷（ろくごう）まで走っております。あの渡し場で見つけられなければ、東海道の抜け参りの人込みに紛れてまず見つけ出すのは無理でしょうな」

「頭取、そのような呑気なことゆえ、大門を禿が六人も抜ける失態が生じたのですぞ。しっかりしてくだされ」

「天神屋さん、火事騒ぎがあったとはいえ、大門前を会所も面番所も手隙（てすき）にしたのはたしかに大きな失態でした」

「七代目、火事のひと声はなによりも吉原じゅうを震撼（しんかん）させまする。会所も面番所も火事場に走ったのは分からないわけではない。天神屋さん、こたびばかりは大目に見てくださいな」

吉原の総名主の三浦屋四郎左衛門が天神屋を諫めた。

「三浦屋さんはいいさ、禿はだれひとりとして抜け参りに行ってないのですからな。うちは春香と夏雲のふたりが抜け参りに走りました。吉原の禿までお伊勢参りとは呆れたものです」

「ご一統様、ともあれ長吉たちの帰りを待ってくださいな」

四郎兵衛がこれまで何度も繰り返した言葉を重ねて、

「今後、大門見張りを面番所と話し合い、厳しくします」

と約束してようやく町名主の話し合いは終わりを告げた。

座敷に残ったのは会所の三人だけだった。

「火事騒ぎまであったそうな。気がつかず下谷山崎町に稽古に出ておりまして、不手際にございました」

幹次郎は改めて四郎兵衛と仙右衛門に詫びた。

「いえ、火事は大事にもならずに済みました。おたけがごみなどを燃やすからかようなことになるのでございますよ」

「おたけは何度注意しても切見世からごみを集めて毎朝燃やすのをやめません。たしかに切見世が汚くては訪れる客もなくなる。少しでもきれいにすることのどこが悪いと反論されると言い返せず、これまでのなりゆきでつい許してきたのです」

四郎兵衛と仙右衛門が幹次郎に言い訳のような説明をした。

幹次郎にとって浄念河岸のおたけのごみ燃やしは初めて耳にする話だった。

「毎朝の日課なのでございますね」

「そうなんですよ、羅生門河岸や浄念河岸の切見世は吉原でも最下級の遊び場、間口(まぐち)が四尺五寸（約百三十六センチ）と狭い上に二畳の広さもない部屋で女郎が暮らして客を取る。そこでいろんな臭いが染みついております。ためにおたけ婆さんが浄念河岸の清掃に熱心な気持ちも分からないわけではございませんでな」

「それが今朝にかぎり、火事騒ぎが起こったのはどういうことですか」

「そこなんですよ。切見世にいた客のだれかが、おたけの燃やすごみ焼きの煙を火事と間違えて、火事、火事だ！　と騒ぎ立てて、わっしらが浄念河岸に走ることになった」

「騒いだ客はどうしました」

「それが、てめえに火の粉が降りかかると思ったのか、さっさと吉原から姿を消しておりました」

「その間に禿六人が大門を抜け出て、抜け参りに走りましたか」

「お伊勢様の抜け参りはどこも奉公人を咎め立てしないで、帰ったらそのまま店に勤めさせるのが仕来たりです。まさか吉原から抜け参りが出るなど夢にも考えておりませんゆえ、最前も侃々諤々大いに揉めました。天神屋さんなどは、禿はゆくゆくの楼の米櫃、伊勢参りなどに行き、箱根の山の山賊にでも襲われたら、戻ってきてももはや売り物にはならない。だから、なんとしても六郷の渡しで見つけろと喧しく申されましてな。されど、何百万のお伊勢参りの方々に悪さをする者はおりません。それどころか、街道宿場のあちこちで炊き出しの施しやら無料の宿泊所の提供やらなさる方が大勢おられます。天神屋さんのように心配は要らぬと思うがな」

四郎兵衛は町名主から厳しく注文がついたらしく珍しくぼやいた。

「火事騒ぎと禿の抜け参りは関わりがございませんので」

幹次郎の問いにふたりが、

うむ

という顔で幹次郎を見返した。

「火事騒ぎは禿が大門を抜け出るために企てられた騒ぎと申されますので」

「おたけは毎朝の日課でごみを燃やしていた。ところが今朝にかぎって火事だと騒ぎ立てた者がいた。だが、この者は会所や面番所のご一統が駆けつける前に吉原の外に逃げ出たわけですね」

「神守様、禿を大門から出すために火事騒ぎを起こしたと申されますので」

「それがし、火事騒ぎを知りませんでした。ために思いつきで言うております。もし、火事騒ぎがなければ六人の禿は大門をどのようにして抜け出るつもりだったのでございましょう」

幹次郎の疑念にふたりが黙り込んだ。

「いささか迂闊だったかね、番方」

四郎兵衛が言った。

「火事と騒いだこの男をまず突き止めるのが先決かもしれません」

よし、と自らに言い聞かせた仙右衛門が立ち上がった。

を喫っていた。
ちょうど浄念河岸の中ほどの井戸端に数人の女郎がいて、おたけも交じって煙草
幹次郎と仙右衛門が、江戸一から浄念河岸を開運稲荷の方角に歩いていくと、

を喫っていた。

井戸端付近は日陰で、なんとか涼気があり、風も抜けた。

おたけは十五から揚屋町の小見世で務めに出始め、最後に浄念河岸に落ちて
きたのだ。だが、この切見世でも客がつかず、浄念河岸のどぶ掃除やら女郎の使
いやらをしてなんとか生きていた。住まいは妹女郎の綾乃の切見世で、むろん客
がいるときは別の客のいない切見世で過ごしていた。こういう暮らしは本来なら
ば吉原では許されないのだが、浄念河岸の女郎らがおたけを頼りにしているのを
知って、吉原会所は目を瞑って見逃してきたのだ。

「おたけさん、災難だったな」

仙右衛門が煙草を喫うおたけに声をかけた。

「面番所の村崎同心め、好き放題に怒鳴りやがったよ。女郎のクズだって言いや
がった」

「おたけさんよ、火事だと騒いだ男だが、だれの客だったんだ」

番方が話柄を変えた。そうしなければいつまでも村崎同心の悪口が続くからだ。

「知るものか。一ト切百文の鉄砲女郎の客だよ、だれの客だえ。だいいちあの刻限まで切見世によくいられたものだよ。朝方は女郎がただ唯一極楽の夢を見られる眠り時だよ。だから、私が各切見世を回ってごみを集め、燃やすんじゃないか。番方、あの同心が今後、ごみなど燃やしてはならぬと言うたが、ほんとかね」

一ト切とは今の時間に直すと十分に満たない。客は欲望を満たせばそそくさと切見世を出た。この河岸の女郎を鉄砲と呼ぶのは、病毒に冒された女郎に当たると死ぬといわれたことからだった。

ともあれおたけの話はあちらこちらに飛んだ。

「おたけさん、しばらくはひっそりとやるんだね」

と番方が言った。

「おたけ姐さん」

と呼んだのは丸々と太った女郎だ。おたけの妹女郎の綾乃で、人のよさそうな顔立ちをしていた。

「なんだい、綾乃」

「あの声、うちらの客かね」

と疑問を呈した。

「じゃあだれなんだ」

「皆に訊いたけどさ、あの刻限まで客がいた見世はなかったよ。声は河岸の向こう、開運稲荷の方角から聞こえてさ、こっちに駆け抜けていったよ」

と綾乃は、榎本(えのもと)稲荷の方角を指した。

仙右衛門が綾乃の言葉をその場にいた朋輩に確かめた。だれもが着古した浴衣(ゆかた)を着て、団扇(うちわ)でばたばたと煽ぎながら、頷いた。

「ありゃ、客じゃないよ」

「じゃあ、だれなんだい。私を困らせようってあんな騒ぎを起こしたのかね」

おたけの言葉に朋輩たちが首を傾げた。

仙右衛門と幹次郎は手分けして東と南から浄念河岸の切見世を一軒一軒当たり直すことにした。

だれもが、火事だ!　と声を最初に上げた男をしっかりと見てはいなかった。だが、ひとりだけ、吉原の仕着せを着た夜廻りの形の男が走り抜けたのを見たようだと言う女郎がいた。その話を聞き出したのは幹次郎だった。

吉原ではなにより火事がいちばん怖い。そこで各町内で夜廻りを町抱えして、その下男に仕着せを着せて、鉄棒(かなぼう)を持たせて廓内の火の用心に歩かせた。

その女郎は、そんな夜廻りの形をしていたようだと言うのだ。

ふたりは揚屋町の木戸口で会い、幹次郎は夜廻りの形をした男がどうやら最初に火事騒ぎを起こしたらしいことを番方に告げた。

「夜廻りの形ですか、客じゃありませんね」

と応じた仙右衛門がしばし考えに落ちた。

「神守様、この夜廻りの形をした男が火事騒ぎで面番所と会所の一同を浄念河岸に引き寄せた曰くは、六人の禿を伊勢参りに連れ出す手助けをするためということになりますか」

「そういうことでしょうね」

「この者、幼い禿らの気持ちを汲み、善意からかような火事騒ぎを起こしたというのですね」

ふたりの間で同じような問答が繰り返された。

「そう禿たちを唆したのかもしれない」

「と申されますと」

「もしこの者が本気で禿六人の気持ちを汲み、伊勢の抜け参りの手伝いをしたとしたら、数月後には春香や夏雲たちはこの吉原に戻ってくることになる。伊勢参りの禿らにとってきっかけを作ってくれた恩人だ」

「伊勢参りとはそういうものにございましょう。犬ですら伊勢参りをして故郷に戻るといいます」

「それがしも犬の伊勢参りの話を聞きました。だが、この者が伊勢参りに事寄せて、禿六人を廓の外に連れ出したとしたら」

しばし沈思した番方がぽつんと言った。

「足抜ですか」

禿は幼いときから吉原で英才教育を授けられ、末は松の位の太夫を目指し、楼の米櫃になることを目的に大金で買い求められてきた娘たちだ。美形にして読み書きができた。となると、吉原以外のどこぞの遊里に売り込めば、大金を得られることになる。

「お伊勢様の抜け参りと称して誘惑して六人を連れ出し、どこぞに売り込む」

「新手の足抜と考えると得心がいく」

くそっ、と仙右衛門が罵り声を上げた。

四

幹次郎と仙右衛門は、四郎兵衛と相談の上、六人の禿が夜廻りに扮した男の手引きで足抜をしたのか、あるいは当人たちが書き残したように、伊勢への抜け参りに行ったのか、はっきりするまで新たに判明した事実は当分会所だけの秘密にして探索を続けることにした。

そこで夜廻りに扮した男の身許を洗うことにした。

天神屋の春香、夏雲のふたりの禿、そして揚屋町の満亀楼の幾美、京町二丁目の初会屋のおのぶ、江戸町二丁目の雁翔楼のおねい、そして、伏見町の朝陽楼のおさよと六人の禿がどこでどう知り合うたか、改めて調べ直すことにした。

すると五楼五人の遊女が、ひと月に一度の割で引手茶屋の『たんごや』に句会と称して集まりを続けていたことが分かった。

この五人の遊女たちは、神守汀女が主宰する手習い塾に通うのは鬱陶しい、だけど、なんとなく他楼の仲間と会い、世間話などをして憂さを晴らす集まりをしたい、そんな願いで始めた経緯があった。

むろん各楼の主たちは、当初胡散臭い目で見ていた。だが、たんごやで遊女たちが甘いものなどを食べて茶を飲む集いと分かり、大目に見ていた。それには理由があった。

神守汀女が指導し、三浦屋の薄墨太夫が関わる手習い塾を、ある一部の楼では認めたくないという想いがあった。汀女は吉原会所の、

「廻し者」

という噂がたびたび廓内に流れ、そのたびに噂は消えていた。また三浦屋の薄墨が汀女と姉妹のように親しく、結局、

「会所と三浦屋の情報交換の場」

に利用されているという疑惑を持つ楼主がいたことを意味した。ために五人の遊女の集いはなんとなく許されてきたのだ。

そんな遊女の五人に従ってきた禿六人がなんとなく姉様女郎を真似てお喋りするようになり、段々と付き合いを深めて、こたびの伊勢への抜け参り話が起こったと思えた。

幹次郎と仙右衛門のふたりは仲之町の中ほどにあるたんごやをまず訪ねた。

この引手茶屋、吉原の中で老舗というわけではない。だが、主のたんごや正

右衛門が外茶屋から吉原の引手茶屋の株を買い受けて、二十数年前に商いを始め、外茶屋時代の客を中心にして手堅い商いで信用を得ていた。

幹次郎と仙右衛門がたんごやを訪れたのは昼見世が終わる刻限で、番頭の周蔵が、

「おや、珍しいことですね、会所のお歴々が揃いでうちなどに見えられるとは」

と出迎えた。

「周蔵さん、ちょいと知恵を借りたくて寄せてもらった」

「吉原会所の番方にその渋い声で言われると身震いがするよ」

「番頭さん、冗談はなしだ。わっしらは吉原の楼や茶屋の使い走りを務めるのが役目ですよ。震えがくるような力はございませんぜ」

「番方もさることながら、神守の旦那は剣術の達人だ。神守様に睨まれたら、どんな悪党でも身が竦むそうな」

「そんな噂が流れておりますか。番方が申された通り、われらは吉原に奉公する方々の意を汲んで動くだけにござる。他人様を震え上がらせるような力はござらぬ」

「下手に出られるといよいよ怖い。いったいぜんたい用とはなんですね」

と応じた周蔵がふたりを引手茶屋の供待ち部屋に招じ上げた。対座し、仙右衛門が改めて切り出した。

「この茶屋で五楼の遊女衆が月に一度集まり、お喋りをして憂さを晴らす催しを続けてこられたそうな」

「ああ、ついたちの集いのことですね。天神屋のお職葛城さんがなんとなく声をかけて始まった集いでね。毎月の番方を決めて、その月番の考えで吉原の外の甘味屋から名物のきんつばや豆大福を取って、お喋りをする催しですよ。最初はさ、余所の楼の抱え女郎と会って、自分の楼の不満などを言い合う催しではないかと、楼主方は気にされたようです。そこで先日亡くなったうちの先代が葛城さん方の気持ちを楼主さんへ代弁してやったんでね、この数年ずっと途切れもせず続いておりますよ」

「ついたちの集いと呼ばれるのですかえ」

「月の朔日に集まるんでね。それがなにか会所の目に留まったかね」

「周蔵さん、その集いには禿も従ってくるんだよね」

「姉様女郎の付き添いでさ、それぞれ従ってくるんでね、こちらの禿同士も仲がいいよ」

「姉様方とは席が違いましょうな」

「そりゃそうですよ。禿さん方はうちの供待ち部屋で姉様のお喋りが終わるのを待つんですよ。こちらは茶も出ないが、ときに人柄のよい月番の姉様女郎が気を利かして饅頭を差し入れしたりするんで、こちらもわいわいがやがやと賑やかにやってます。どちらにしろ、邪気のない集いと思うがね。会所はなにが気に入らないんだね」

「周蔵さん、しばらくこの話、おまえさんの胸に仕舞っておいてほしい」

仙右衛門が険しい顔で言った。

周蔵がその顔をしばらく正視していたが、ごくりと唾を呑み込み、こっくりと頷いた。

「今朝方、火事騒ぎがあったね」

「浄念河岸のおたけのごみ焼きを火事と間違えたそそっかしい野郎がいたってね。おたけもこの暑い時節くらい、ごみ焼きはやめるがいいやね」

周蔵は火事騒ぎを承知していた。

「あの騒ぎの間に六人の禿が大門を抜け出て、お伊勢様の抜け参りに出ていったんですよ」

「えっ、吉原からも御蔭参りが出ましたか。こりゃ、江戸じゅうに広がるかね。たしか御蔭参りが起こる年は、伊勢神宮の式年遷宮の年と重なるんだったよね」

と周蔵は言い、

「ま、待ってくださいよ。六人の禿だって、まさかついたちの集いに従ってくる春香たちじゃないよね」

「そのまさかなんだ、番頭さん」

「そりゃ、天神屋さん方も慌てておられよう。お伊勢参りに行ったことがないので分からないが、江戸からお伊勢までどれほどかかるのかね」

「禿たちは吉原の外はほとんど知るまい。路銀はなし、慣れない道中でもある。まあ、ひと月では無理だね、その倍のふた月はかかろうね」

「となると、来月のついたちの集いは姉様女郎方だけが集まるのかね。それとも集いはなしかね」

と周蔵が自問した。

「わっしら、火事のひと声で浄念河岸に駆けつけた。ちょうどその騒ぎの最中に六人の禿が吉原の大門を抜けた」

「そりゃ、またえらい機会を選んだもんだね」

「周蔵さん、禿らだけの知恵で大門を抜けられると思いなさるか。わっしらは禿の周りにさ、抜け参りをお膳立てしてくれるような男衆がいたんじゃないかと考えているんだ」

「吉原の男衆がさようなことをやってのけたんですか。少なくともうちにはいませんよ、うちはふだん世話になる女郎衆に席を貸していただけ。茶代だって一文ももらってはいませんからね。うちの男衆にそんな不届き者はいませんよ」

周蔵が慌てて言った。

「なにもたんごやさんの男衆と言っているわけではない。火事、と最初に声を発した男は、なんでも吉原の夜廻りの形をしていたというんだがね」

「夜廻り、こりゃ、厄介だ」

「だから、こうして相談に来た。六人の禿が示し合わせたとしたら、ここしかない。ふだんは別々の楼で暮らしているんだからね」

「となると姉様女郎が承知しているんじゃないかね」

「葛城さん方が抜け参りの企てを承知していたなら、当然楼主に話さないまでも、そんなことを仕出かしたら禿の身分からたちまち客を取る女郎に落とされると注意したはずだ」

「だろうね」

と周蔵も己の発言を取り消した。そして、黙然と考えていたが、おひろさん、とたんごやの仲居頭を供待ち部屋に呼んだ。

「おや、話し声がすると思ったら、会所の番方でしたか」

おひろがふたりに会釈して、三人の男たちが話す座敷に入ってきて座した。そこで周蔵が事情をざっと話し、

「おひろさんは二階のついたちの集いの遊女衆とも供待ち部屋の禿とも親しく接してきたんじゃないか、男のわたしなんぞよりさ」

「春香たちったら、伊勢への抜け参りをやらかしたとは、随分思い切ったことを考えたものだね。こりゃ、禿だけの知恵かね」

おひろの言葉には含みがあると幹次郎も仙右衛門も思った。

「おひろさん、そこで相談だ。この抜け参りが相談されたとしたら、この家だ」

「でしょうね、ふだんは付き合いないものね」

仙右衛門の問いにおひろがあっさりと答えた。

「遊女衆はこの話、知るまいね」

「知っていて抜け参りに出したとなると大事ですよ。吉原じゅうが大騒ぎになり

ましょうよ」

おひろは否定した。

そこで仙右衛門が火事騒ぎを作った夜廻りの男の話をした。

「ううーん」

と唸ったおひろが考え込んだ。思い当たることはあるけど、口にしていいかどうか迷っている風があった。

「おひろさん、ぶちまけよう。正直、探索に手間取ってるんだ。天神屋さん方からも尻を叩かれている、なにか承知なら話してくれないか。おまえさんには迷惑はかけない。また相手がそのようなことをしでかしたかどうか分かるまで、決して気取られないようにする」

仙右衛門が願った。

「春香たちが伊勢参りの話で盛り上がったのは今からひと月も前のことでね、その話を私はちらりとこの供待ち部屋の前を通り過ぎるときに耳にしただけなんですよ。そんときね、春香たちは塩饅頭を食べていた。私はさ、月番の姉様女郎が気を利かしたんだと、思って通り過ぎたんですよ。今思えば、あのときの月番は天神屋の葛城さん、葛城さんは禿に厳しい女郎さんでね、ついたちの集いでは自分たちの茶請けは用意するけど、禿まで慮る人じゃない」

「とすると、だれが塩饅頭を春香たちにあげたんだ」

と仙右衛門が訊いた。

「番方、山谷堀の向こう岸に鷭御場があるね」

鷭とは水鶏に似た鳥で大きさは鳩ほどだ。体は灰黒色で下尾筒の両側が白く、嘴の付け根から額板にかけて赤い。池や水田に棲み、泳ぎも得意な鳥だ。その狩り場である。

「今戸町だな」

鷭御場は東と西に分かれ、その間に山谷堀と繋がる材木堀があった。

「材木堀の角にさ、菓子舗の『いまとや』があるのを承知だね」

いまとやは二代目の菓子店で、豆大福が名物だった。

「葛城さんはいまとやの豆大福が大好物で、いつもついたちの集いには豆大福を十個注文して持ってこさせるのさ。最前も言ったけど、禿になにかを買い与えたことなど一度もない」

「塩饅頭はいまとやの使いが禿たちに持ってきたのだな、おひろさん」

「職人と呼ぶには半端者でね、昔、兄さんが揚屋町の夜廻りをしていてさ、自分も小見世の男衆なんかを務めていた……」

「時造か」

「番方、その時造があの日は葛城さん方の豆大福を持ってきたんですよ」

「思い出した」

　と周蔵が言った。

「あんとき、うちも帳場が忙しくて時造に二階座敷まで豆大福を運ばせると、あいつ、花魁方が茶を所望ですと、自分で淹れて運んでいったよ」

「番頭さん、私たちは気にしていなかったけど、時造ったら、禿の供待ち部屋で無駄話をしていかなかったかしら」

「塩饅頭を話の手がかりにだね」

　おひろの推測に周蔵が頷いた。

「おふたりさん、時造が春香たちに伊勢参りの話を吹き込んだ人物と考えていいんだね」

「番方、そこまでは言い切れないよ。ただ、この数年、禿のところで話し込んだ者がいるとしたら、時造だけということよ」

「助かった」

仙右衛門が礼を述べ、

「いまとやに当たってみる。おひろさん、こちらの名は決して出さないからさ、案じないでくんな」

と言葉を言い足した。

「当たりがついたのであろうか」

「神守様、時造は吉原にあれこれと繋がりを持って出入りして、奉公したり貸本屋の真似ごとをしたりして、女郎に取り入るのは上手だが、相手はどれも小見世の女郎でしてね、決して禿がいるような楼では働いたことはないし、相手にもされない野郎なんで」

「兄が夜廻りだったとか」

「兄きの駒吉のほうがまだましでしたよ。駒のほうは酒好きで酒毒に侵されて、柴田相庵先生の手にも負えず、一年前に亡くなりました」

「となると、揚屋町で勤めていたときの夜廻りの半纏が弟の手に渡っていても不思議ではない」

「兄弟いっしょに橋場の裏長屋に住んでおりましたがね、兄きが死んだのち、いまとやに奉公したんでしょうかね」

幹次郎と仙右衛門は会所にも寄らずに一気に五十間道を山谷堀まで上がり、左岸の河岸道を隅田川との合流部に向かい、急いだ。

西の鶍御場から鳴き声がしてきた。

菓子舗いまとやの表には、名物の豆大福の幟が夏の日差しにうなだれるように垂れ下がっていた。

「御免なさいよ」

昼下がりの刻限に客はいなかった。

いまとやの嫁おけいが背中にぐったりとして眠りこける赤子を負ぶって店番をしていた。

「いらっしゃい」

と人影に言葉をかけた嫁が、

「なんだ、会所の兄さん方か。この暑さじゃ、今日は売れ残りだよ」

とぼやいた。

「おけいさん、邪魔してすまねえ」

「邪魔もなにも客はなしだよ。なにかいい話を持ってきたのかえ」

「いい話になるとも思えない」

「話してごらんよ、こちらは退屈してんだ」

「時造のことだ、こっちに奉公しているんだってね」

「時造だって、そりゃだめだめ。あいつは半端者と聞いていたけど、ほんとうに信頼のできない男だね。口先だけで、実はなし。あいつはだいいち、うちの奉公人なんかじゃないよ。なんでもいいから小銭稼ぎさせてくれって言うからさ、ときに使いをさせていたがね、十日も前からふいに姿を見せなくなった。ひとりいた小僧のばかを連れて、どこぞに姿を消したんだよ。その小僧の茂松に大金を稼いで、ひと旗上げるなんて吹いていたそうだが、あいつ、なにをやらかしたんだえ」

「まさか伊勢参りなんてことはないよな」

「時造がどうして抜け参りなんてことができんだよ。根性なしだよ」

「どこに住んでいたんだね」

「竜泉寺村にも鶺御場があるのを知っているね」

「吉原とはご町内みたいな近間だ」

「竜泉寺村と鶺御場の境にさ、小さな林があってさ、その中に小屋があるんだとか。そいつをただで借りて住んでいると言ってたがね、ほんとうかどうかは知らないよ」

助かった、と礼を述べた仙右衛門が、

「おけいさん、残った豆大福をすべて頂戴しよう、いくらだね」

「おや、今日は最後にツキが巡ってきたよ。塩饅頭と合わせ、十六、七残っているけど、いくらでもいいよ。気持ちを置いていきなよ」

「その言葉ほど高いものはねえ、だが、気持ちがいいや。これで我慢してくんな」

仙右衛門が二朱をおけいの手に載せた。

「お芳さんと一緒になって、番方も貫禄が出たね」

と言いながら残った豆大福と塩饅頭を紙に包んでくれた。

「おけいさん、貫禄が出たのはお芳のほうで、おれはまだまだだ」

「なんだ、その念仏は」

番方が包みをぶら下げて、ふたたび大門前に戻った。すると金次が大門の内側に立っていた。

「小頭たちはまだ六郷から戻ってこないか」

「まだですぜ」

「金次、こいつを玉藻様に届けてくんな。いまとやの豆大福と塩饅頭だ」

「どうした風の吹き回しでございますね」

「気まぐれだ。わっしと神守様はもう一か所当たってくる、そう遅くはなるめえ」

と言い残したふたりは、吉原を取り巻く鉄漿溝の北側から西側に回り込み、竜泉寺村と鶺御場の間にある小さな林に向かった。

「この林の中に小屋があるなんて考えもしませんでしたよ」

ふたりが林の中に分け入ると、たしかに小屋があった。人の気配はない。だが、幹次郎の鼻孔は血の臭いを捉えていた。

「番方」

「へえ」

仙右衛門も異変に気づいていた。

小屋の戸が半開きになっていた。雑木林越しに差し込む光が土間に落ちて、首を斬られた男が土間に仰向けに倒れていた。

「時造ですよ」

「禿たちは伊勢参りに行ったんじゃゃないな」

「新手の足抜です」

ふたりは夏の傾いた日が差し込む小屋に身を入れた。

第五章　闘鶏場の穴

一

首を深々と断ち斬られた時造の亡骸が運び出されていった。

夏の光が雑木林に低い位置から差し込んできた。

骸を発見した幹次郎と仙右衛門、珍しく廓の外の殺しに出向いた吉原会所の七代目頭取四郎兵衛、南町奉行所から吉原に派遣されている隠密廻り同心の村崎季光、同じく南町の定町廻り同心桑平市松が、現場となった雑木林の中の小屋の前に残った。

「禿六人は抜け参りに行ったのではない。時造の口車に乗せられて大門外に誘い出され、使い走りの時造は、役目を果たしたってんで始末された。こりゃ、廓の外の殺しだ。面番所は関わりあるまい。桑平どのにお譲りしよう」

と村崎が早々に手を引くことを宣言した。

「面番所に早々に戻りたい面じゃな」

「廓の外は権限外ゆえ譲ると申しておるのだ」

「禿六人は吉原から連れ出されたのじゃぞ。ふだんから会所に世話になっておろう。おぬし、それでも関わりないゆえ手を引くと申すか。もっともおぬしがおってもなんの役にも立たぬ。それよりわれら定町廻りは裏同心どのの力が借りられるほうがなんぼかいい」

「ちぇっ、遠慮ものう、よう言うてくれたものよ。七代目、これは廓の外で起こった騒ぎじゃな」

「いかにもさようです。ですが、桑平様が申される通り、禿は廓から連れ出されております。六人の禿に払われた金子の総額二百十三両二分、何年かぶんの食い扶持、夏冬の衣装代を加えますと五楼は三百両ほど費消しておりましょう。となると、楼主たちが一刻も早く禿たちを見つけて連れ戻せとうるさいことでございましょうな」

「なに、七代目、廓の外の探索にもそれがしに関われと申すか」

「いえ、実際に動くのは会所がやります。村崎様は高みからお指図を願います」

「行きづまった折りに知恵を貸せと申すか」

「はい」

「承知した。それがし、面番所をそう留守にもできぬゆえ戻る」

村崎同心がちらりと桑平の顔を見て、そなた、残るのかという表情を見せた。

「定町廻りは定町廻りのやり方があるでな、気に致すな」

あっさりと言われた村崎は小者の星五郎の名を呼んで、帰るぞ、と怒鳴った。

「これでさっぱりした」

「桑平様は隠密廻りと気が合いませぬか」

「隠密方と気が合わぬのではないぞ、七代目。会所に鼻毛を抜かれたあやつの怠惰に我慢がならぬのだ」

「畏れ入ります」

「まあ、そなたらにとってはあの程度の同心が扱いやすかろうがな」

と吐き捨てた桑平が、

「神守どの、時造を殺した相手が浮かばぬか」

「桑平どの、質商小川屋の一件はそれがしが偶然にも押し込みのあとの下手人に出会うたゆえ、無宿者の百瀬某と浅間の稲吉が直ぐに割り出せたのでござる。このたびの一件は、時造の身許がようやく知れたところで、骸を見つけたばかりにございますでな」

「時造の傷には凄みがあった。あやつの顔に驚きが残っていたが、まさか殺されるとは考えもしなかった、そんな顔つきであったな」

「一瞬の間合で致命傷を負わせており申す。居合の技を習得しておる者かと推察できる」

「そなたも居合の達人とか」

「達人などという域には達しておりませぬ。加賀藩の一部に伝わる居合を学んだことがある程度にございましてな」

「まあ、そう聞いておこうか。そなたの目から見て、この者の抜き打ち、どうだ」

「狭い小屋の中でようもあれだけの傷を負わせたと感心しております。桑平どのが申される通り、この者、かなりの技量の持ち主とみました」

幹次郎は、ひょっとしたら脇差か小太刀で抜き打ちにしたかと考えた。また間合が近いということからも、下手人は時造が自分が殺されるとは全く想像もしていなかった間柄であることを示していた。だが、口にはしなかった。

「禿はどこへ連れていかれたか」

「桑平様、四宿や江戸内の岡場所に売られることはございますまい。禿が見世に出されるならば私どもの耳に必ず入ります。要所要所には吉原の眼が光っておりますで、直ぐに連絡が入ります」

「吉原は官許を振りかざしてわれらの尻を叩き、禿を連れ戻し、岡場所を潰すようわれらに物申すか」

「桑平様、さような心算はございませんよ。私が申し上げたいのは、禿六人が売られる先は江戸から遠く離れた地、例えば尾張とか京ではないかということです」

「時造は伊勢への抜け参りを口実に禿を大門外に連れ出したのじゃな。となると伊勢詣での抜け参り一行に紛れて、東海道を上らされておるか」

と桑平が四郎兵衛の言葉に応じ、

「六郷の渡しを越えればもはや私どもの手には負えますまい。白衣を着た抜け参りが増えておるそうですから、娘連れでも怪しむ者はおりますまい」

四人は暗くなりかけた雑木林から出た。

「七代目、禿たちは未だ江戸府内におるのではございませんか」

仙右衛門が言い出した。

「江戸から連れ出す時機を見ておると言われるか」

「いいえ、禿たちは岡場所に連れ込まれるのではのうて、まだ娘々した幼い体を苛む分限者の好き者にばらばらで売られるのではと思うたのです。江戸から遠くに連れていくより安全でございましょう。それにこの江戸ほど繁華なところはない、百万の住人の半数以上は男にございます。さような趣味嗜好を持つ分限者も数多く潜んでおりましょう。御寮のようなところに囲い込めば、だれの目にも留まらずもはや分かりません」

「ふーむ」

と四郎兵衛が唸った。

「それがしも番方の考えが当たっているように思えます」

「となると、私どもが繋がりを持つ岡場所からは連絡はありませんな」

しばし沈黙があったあと、桑平が、

「よし、それがしは幼女や娘に関心を抱く者をこれまでの奉行所の御仕置裁許帳から調べてみる。同じ性癖を持つ者同士は、なんとなく同好の士の動きを注視しておるでな」

「七代目、わっしらは時造が侍と付き合うてはいなかったか、今一度当たり直します」

現場での打ち合わせを済ませた四人は竜泉寺村と鷂御場の境に小さく残った雑木林をあとにした。


六郷ノ渡し場に春香ら六人の禿を探しに行っていた小頭の長吉たちが会所に戻ってきたのは、五つ半（午後九時）過ぎのことだった。

幹次郎と仙右衛門のふたりは、今一度材木堀の菓子舗いまとやを訪ね、時造の周りに侍がいなかったか尋ねたが、いまとやのだれもが時造の暮らしまでは知らなかった。ただ、いまとやの住み込み職人が、

「あいつさ、闘鶏が道楽なんだよ。いや、軍鶏を育てる才覚も根気もない。ただ闘鶏場でわずかな金を賭けてさ、だいぶ借金がかさんでいるって話だったよ」

と教えてくれたのが、ただひとつの収穫だった。

だが、闘鶏場を探すにはもはや刻限も遅い。ふたりがいったん会所に戻って半刻後に疲れ切った長吉らが戻ってきた。直ぐに四郎兵衛に報告がなされ、その場

に幹次郎も仙右衛門も同席した。

「ご苦労だったな。その顔つきじゃ、なにも手がかりはなかったようだね」

「七代目、六郷ノ渡し場はわっしらが考える以上に抜け参りの人々で混んでおりましてね、娘だけの抜け参りもけっこうおりますんで。だが、春香たちの姿はどの船頭に訊いても覚えがないと言うのです」

「大勢の抜け参りなら船頭も見逃すこともあろう」

「いえ、七代目、吉原にいて禿を務めていた美形の娘連れなら、どんなに顔を汚していても、わっしらの眼に留まる、と船頭は口では言うのですがね。まあ、頭取も申される通り見逃すこともございましょうな。ふたりばかり、若い衆を残して、明日、明後日と見張りをさせる手筈を整えてきました」

「小頭、ちょいと事情が変わった。手引きをしたのはなんでも屋の時造って男で、今は材木堀の菓子屋のいまとやの使い走りをしていた」

「時造ですって、あいつはなにやっても長続きしねえ男だ。なんであんな男に春香たちは引っかかったかね、抜け参りのことをよほどいいように吹き込まれたかということは娘たちに時造がくっついていたってことですかえ」

そうではない、と四郎兵衛が言い、時造が殺されたことを語った。

「するってえと、抜け参りは口実で真の狙いは別にあると仰るんで」

「番方の勘でね」

と四郎兵衛が仙右衛門に説明を求め、番方が考えを述べた。

「うう－ん」

と唸った長吉が、

「こりゃ、番方の考えが当たってますぜ。世間には大人の女より幼い娘がいいというのもいれば、陰間がいいという男もけっこうおりますからね。まして吉原仕込みの禿なら一応の床の作法まで教え込まれているし、姉様女郎からの耳学問でそれなりの嗜みもある。となると、明日から探索の方法を変えるしかございませんか」

「小頭。時造は闘鶏が好きだったというんだが、この界隈の闘鶏場はどこだか知らないか」

「昔は橋場にもあったそうですが、今は隅田村の円徳寺界隈に移ったと聞いたことがあります。たしか胴元は、鐘ヶ淵の荷船屋関屋の隠居の文蔵とか」

「よし、明日からその闘鶏場で時造の訊き込みをしてくれないか」

四郎兵衛の命に長吉が頷き、

「六郷の渡しの連中、呼び戻しますかえ」

「いや、こっちの線が固まったわけではない。一日二日、渡し場にも目を光らせよう。番方は、時造が廓の中でどこをどううろついていたか、調べるそうだ」

明日からの探索の手順を長吉に説いた。

幹次郎と仙右衛門は四つ（午後十時）過ぎに会所を出た。むろん面番所は灯りも落ちて戸が閉じられていた。

「禿が伊勢へ抜け参りと聞かされたときは、吉原にも世間の風が吹いてきたか、とどことなく呑気な気分にもなりましたが、事態がこうなってみるとなんとも厄介にございますな」

「嫌な事態になりました」

「こいつばかりは早く決着をつけねえと、会所は楼の主がたに吊るし上げを食らいますぜ。なんたって大門から六人の禿が抜け出たのをうちは見逃した」

番方の言葉に幹次郎は黙って頷いた。


翌日のことだ。

幹次郎は朝一で馬喰町（ばくろちょう）の虎次（とらじ）の煮売り酒場を訪ねた。むろん店は仕込みの最中、昼前の刻限では身代わりの左吉がいるとは思えなかった。そのことを考え、こたびの騒ぎの詳細を文に認めて、虎次親方に預けてきたのだ。

大門を潜った幹次郎は会所にも立ち寄らず、天女池の向かうために蜘蛛道に入り込んだ。

五丁町のほぼ真ん中にひっそりとある天女池は、御免色里に関わる遊女や蜘蛛道の住人の憩いの場であった。湧水がぶくぶくと池の底から泡立つ池の端にお六地蔵と呼ばれる野地蔵はあった。

桜の古木が枝葉を風に揺れて影を作るお六地蔵の前に三浦屋の薄墨太夫がしゃがんで、手を合わせていた。本名のおみよから小花と名を変えた禿が薄墨に日傘を差しかけていた。

小花と三浦屋で源氏名を頂戴したということは、吉原一の老舗楼の将来を背負う、

「米櫃になる遊女」

と認められた証しだった。

「太夫、神守様にございます」

小花の告げる声に薄墨太夫が視線を幹次郎に送り、立ち上がった。

「神守様、嫌な騒ぎがございましたそうな」

「千惷楼の莉紅と申す遊女と客の心中沙汰のことかな」

「はい」

「心中に装った殺しでありました。それが発端で廓の内外で何人もの者が殺された。だが、突如、会所に探索を止めよとの沙汰が下りました。さらには頭取が奉行所に呼ばれ、奉行直々に命じられたことであったが、おそらくもそっと上のほうの意向でありましょう」

「理不尽にございます。お腹立ちにございましたな」

「生涯忘れ得ぬ騒ぎかと思う」

「神守様は気持ちが治まりましたか」

「太夫、世間にはかような理不尽がまままあります」

「お祭し申します」

と加門麻の口調で答えた薄墨太夫が、

「本日は薄墨に御用にございますか」

「いや、小花にな、尋ねたいことがあってこちらに寄せてもろうた」

「えっ、わちきにでありんすか」

「小花、神守様の前では遊里言葉は無理に使わなくてもよいのですよ」

と背伸びする小花に注意した。

「禿が何人か連れ立ってお伊勢様に抜け参りに行くという話を聞いたことはないか、小花」

「えっ、真に御蔭参りに行った朋輩がおられますので」

「なぜ、そなた、そのようなことを知っておる」

神守幹次郎の問いに小花が薄墨を見た。

「なんぞ承知のことがあれば神守様に正直にお話しなさい。神守様は私たちのためにならぬことは決してなさらぬお方です」

薄墨太夫の注意に小花が頷き、視線を幹次郎に戻した。

「春先のことです。私は太夫の御用で使いに出ました。江戸二の蜘蛛道奥のお琴のお師匠様に京菓子を届けたときです」

「そんなことがありましたな」

「太夫、そのとき、男の人が蜘蛛道の途中に立っていて、私に『小花ちゃん、お伊勢参りに行きたくないか』って声をかけてきたんです」

「知っておる男衆か」

っていました」

「顔は。名は知りません。昔、その人の兄さんが揚屋町の夜廻りをしていたと言っていました」

「時造とは言わなかったか」

小花が首を横に振り、幹次郎が風体を述べた。

「その人です」

「断わったか」

「はい。私は吉原に迷惑をかけた姉ちゃんとじいちゃんの身内です。三浦屋や太夫にこの上、迷惑をかけることはできません。だから、断わりました」

天明七年十一月の吉原炎上の折り、妓楼花伊勢の抱え女郎小紫は、偶然居合わせた浪人と逃げ出した。だが、ただ火事を利用して逃げたのではない、小紫は自分が火事で焼け死んだように偽装して足抜したのだ。

その直後、下総結城から祖父の又造が小紫の妹おみよ、すなわちただ今の小花を連れて小紫の供養にと野地蔵を担いで江戸に出てきた。だが、又造は小紫が生きていることを承知の上で、おみよを禿として三浦屋に売り、その金子を足抜した小紫に逃亡の費えとして送ろうとしたのだった。

その企ては、幹次郎と仙右衛門に見抜かれて阻止され、足抜した小紫と浪人のふたりは始末されていた。

小花はすべての事情を知らされていなかったが、姉の小紫が足抜したことは知っていた。姉ちゃんとじいちゃんが迷惑をかけたというのはそういう意味だった。

「時造は直ぐに引き下がったかな」

「いえ、『お偉い方が手助けしてくれる話だ。ふた月後にはまた三浦屋に奉公できるんだ、どうだ。路銀もそのお方が出してくださる』と言うて、しきりに勧めました。でも、私、その人を振り切ってお師匠さんの家の土間に飛び込んで、お師匠さんに話すと、『そんな話に迂闊に乗るんじゃないよ、今を大事にしなさい』と注意されました。そして、『このことは忘れなさい、口にすると災いが降りかかるかもしれない』とも言われたんです」

「それで私に言わなかったの」

「はい、太夫」

薄墨太夫は困った顔をした。

「時造という人がまた悪さをしますか、神守様」

「もうできぬ、安心してよい」

と答えた幹次郎は、念のために訊いた。

「時造と会ったのはその一度だけだな」

はい、と答えた小花が、

「それから二十日ばかり過ぎたころ、引手茶屋の齊田屋(さいだや)さんの裏口にその人が入っていく姿を見ました」

「時造に間違いないか」

「見間違えません、痩せて右の肩が突き出たような体つきなんです」

「あやつ、齊田屋で使い走りをしておったのであろうか」

「いえ、違うと思います。閉じられた戸の向こうから、しょうげんの殿様がお待ちだよ、という女衆(おんなし)の声がしましたから」

「しょうげんの殿様か。ひとつ手がかりができたかもしれぬ。助かった」

と幹次郎が小花に礼を述べ、

「ただの抜け参り騒ぎではなさそうですね」

と薄墨太夫が幹次郎に質した。

「そのような話にうかうかと乗っていたら、小花もどのような目に遭(お)うていたか分からぬ。小花は賢かったのだ。太夫、この話をその折り、報告しなかったことを叱らないでくれぬか。そして、この話はもうしばらくふたりの胸に仕舞っておいてくれ」

幹次郎は願った。

二

四半刻後、幹次郎は四郎兵衛の供で齊田屋を訪れた。

幹次郎は頭取自ら齊田屋に出向くというのに驚いた。

「齊田屋はうちといっしょの引手茶屋。まあ、あれこれとございますでな、私が旦那の瑛太郎(えいたろう)さんに会(お)うて直に願うてみようと思うたのです」

「恐縮にございます」

「私が出張って却(かえ)って悪い結果が出るやもしれませぬよ」

四郎兵衛の肚にはなにか一物(いちもつ)ありそうな感じが幹次郎にはした。そして、会所を出る前に四郎兵衛は仙右衛門を呼ぶと耳打ちしてなにか命じていた。

ふたりの到来に番頭の勘五郎(かんごろう)も驚きを見せた。

「おや、七代目、直々にお出ましとは恐縮ですな」

「番頭さん、ちょいと内緒の話でしてね」

「私で事が足りますかね」

「こちらのお客人の身許が知りたいのです」

四郎兵衛はあっさりと核心に迫った。

「お客人の身許ですって。なんぞ曰くがあるのでございましょうな」

「はい」

吉原会所の頭取の四郎兵衛は引手茶屋山口巴屋の主でもある。山口巴屋は仲之町にある七軒茶屋のひとつで、同業でも齊田屋とは格違いだ。会所の親玉で引手茶屋の大旦那にそう返事をされては、番頭の勘五郎も、

「どなたの身許にございましょうな」

と訊くしかない。

「しょうげんの殿様のことですよ」

勘五郎の顔色が、さあっと変わった。勘五郎もしょうげんの殿様の身分を承知しているのだろう。

「さて、それは私の一存では」

「無理ですか」

「はい」

「ならば主どのに面会したい。ゆえに私がこちらに出向きました」

勘五郎は四郎兵衛の顔を上目遣いに見ていたが、

「帳場におられるかどうか見て参ります。旦那は時折、ふらりと裏口から出ていかれることがございますのでな」

「番頭さん、主の瑛太郎さんも女将さんもおられることを承知で訪ねて参りました」

四郎兵衛が釘を刺した。

引手茶屋の齊田屋は、吉原を主導するただ今の総名主三浦屋四郎左衛門や会所の四郎兵衛らと、決してウマが合う間柄ではない。

どちらかというと、ただ今の主導陣に楯突く一派の旗頭のひとりだった。ために四郎兵衛自ら齊田屋に乗り込んだのだ。

番頭が奥に消えてから、だいぶふたりは待たされた。礼儀を通り越した無礼な対応だった。会所の頭取をかようにも待たせるには事情がなければならない。

四郎兵衛は上がり框に悠然と腰を下ろし、幹次郎は土間に立ったまま待った。

半刻以上の時が流れ、

「お待たせ申しました。旦那も女将も着替えをしておりまして」

と番頭の勘五郎が下手な言い訳をしながら、ふたたび姿を見せて帳場へと案内した。その態度には最前とは異なり、居直った様子があった。

大きな縁起棚の下に瑛太郎といづめの夫婦がでんと座っていた。

旦那の瑛太郎は五尺（約百五十二センチ）に満たない小男だが、女房のいづめは五尺八寸（約百七十六センチ）も背丈があり、大顔の上に島田髷が乗っていて、夫婦でまるで大きさが違い、俗にいう蚤の夫婦だった。

「おや、頭取自らなんですね、用があれば会所に呼びつけられればよいものを、こちらから伺いましたのに」

「瑛太郎さん、会所は妓楼や茶屋の代理で便宜を図っておるところ、用があればこちらから出向くのが礼儀にございますよ」

「七代目、しょうげんの殿様とか番頭が言うておりましたが、私と女房でそのような客がいたかどうか、最前から話し合ってきたのですが、全く覚えがございませんでしてな。会所はまたどのような筋から奇妙な話を仕入れてこられましたな。いささか見当違いかと存じますがな」

「瑛太郎さんもご存じのように、会所には世間のあちらこちらに網が張ってございますでな、その筋のひとつですよ。しょうげんの殿様はたしかにこちらのお客と聞いて参ったんですがな」

「覚えがありません。なあ、いづめ」

「お門違いですよ、七代目」

大女の女将が長煙管をすぱすぱやりながら答えた。

「こちらの裏口から時折り、時造なる使い走りが出入りして、しょうげんの殿様と会うていたと訊き込んでのことですがな。これもまたご存じございませんか」

「七代目、山口巴屋さんほどではございませんが、うちも仲之町で暖簾を上げて三代目。これでもあれこれと忙しゅうて、使い走りの出入りまで承知しておりませんよ。なんですね、こりゃ、お調べですか」

「瑛太郎さん、そうお考えになってもかまいませんよ」

「ほう、うちに会所ではなにか不審を持っておられるようだ。いづめ、覚えがあるかえ」

「ないね、おまえさん。七代目、たしかな話でしょうね」

「女将さん、この吉原から何人もの禿が密かに大門を抜け出ました。その手引きを時造がしておるとの、たしかな話があってこちらに寄せてもらったのですがな。覚えはございませんか」

「なにっ、禿が六人も大門を抜け出て抜け参りに行ったですと。そりゃ、会所の大失態ですぞ」

「はい、大しくじりにございます。ゆえに私自らかように走り回っております」

「七代目、そりゃ、考え違いも甚(はなは)だしい。おまえさんがまず責めを負うて頭取を退(ひ)くのが最初に取るべき道ですぞ」

小男の瑛太郎が喚いた。

「瑛太郎さん、抜け参りに行くと称して置き文を残し、大門から消えた禿の数をおまえさんはなぜ六人と承知しておられますな」

「そりゃ、おまえさんが六人もの禿がと言われたからじゃ」

「いえ、私は何人もの禿がと言うただけです。なによりその禿たちがなぜ抜けたのか、抜け参りとは言うてもいない」

「そ、そりゃ、噂を聞いたからでしょうが」

「この話、廓内で知るのは禿がいなくなった楼と会所の限られた者だけですぞ。むろん楼には固く口止めしてございます」

「ならば楼の出入りの商人なんぞが話していたのを耳に留めたからでしょうよ。ともかく禿を何人も大門の外に抜け出させた失態は許されない。わたしゃ、これから吉原の楼や茶屋を回って、七代目へ引退(ひきの)きを求める取りまとめを致します」

四郎兵衛は瑛太郎の雑言(ぞうごん)を聞き流していたが、

「瑛太郎さん、しょうげんの殿様の身許は明かしてもらえませんか」

「客でもない者の身許は明かせません」

「天明七年の火事で焼け出された折り、吉原の楼は仮宅商いでどこもが苦労致しました。だが、妓楼はまだいい、引手茶屋は辛い。仮宅商いに引手茶屋など要りません。茶屋は吉原あっての商いです。齊田屋さん、おまえさんは吉原に戻ってくるのにだいぶ苦労なされたようですね」

「四郎兵衛さん、余計なお節介(せっかい)だ。おまえさんのところだってちゃんと仲之町の入り口に戻ってきたじゃないか」

「はい、うちは浅草寺門前並木町で料理茶屋を商い、苦しい時節をなんとか乗り越えました」

「うちだってあれこれ工夫しましたよ。それをおまえさんにいちいち咎め立てされる謂れはない」

「齊田屋さん、おまえさんのところが千住宿、河原町(かわらちょう)で飯盛(めしもり)を何人か抱えて俄(にわ)か食売屋(しょくばいや)をやっていたのも、余所から引き抜いた板頭と女たちの間夫らに三百両を超える全財産を持ち逃げされたことも知らないわけではない」

瑛太郎といづめが驚きの顔をした。

幹次郎とてこの齊田屋夫婦と同じで、びっくりした。だが、頭取には幹次郎らが知らない人脈と情報網があり、その何分の一も幹次郎らには知らされていないことを改めて思い知った。

「そ、それがおまえさんとどんな関わりがあるというんですね」

「話は終わってませんよ、瑛太郎さん。その後、おまえさん方夫婦は女衒の真似ごとをして、越後国や出羽国から娘を買い集めてきた。その娘たちを仮宅の各楼に売って、なんとか吉原に戻ってくる元手を作った。いやさ、これも商いと言われれば、私はなにも言えません。だがね、瑛太郎さん、女将さん、おまえさん方、今も女衒を数人抱え、この吉原に娘を入れておりますね。引手茶屋や妓楼の主自ら女衒を務めるのはご法度だ。吉原はそれぞれ昔ながらの分担を守って商いを続けてきた御免色里です。こいつは、瑛太郎さん、女将さん、見逃すことはできませんよ」

「証しがあるならば出すがいいや」

女将のいづめが叫んだ。

「なくもない」

四郎兵衛が夫婦をじろりと睨み返した。

「だが、そいつが表に出ると齊田屋さん、厄介なことになるよ。それよりしょうげんの殿様の身許を明かせませんかね」

「知らぬものは知らぬ。うちを商い停止にできるのが早いか、おまえさんが吉原会所の七代目を退くのが早いか、見物ですよ」

「分かりました」

四郎兵衛があっさりと辞去する構えを見せた。

「おまえさん方、どうやら、この家に裏口から出入りしていた時造が殺されたことも承知のようだ。となると、おまえさん方夫婦は、こたびの一件に深く関わっているということかな」

「抜かしやがれ。いつまでもいい気にしておかないよ。吉原は御免色里だ。おまえの首など即座に飛ばしてみせるよ」

いづめが四郎兵衛を罵った。

「瑛太郎さん、いづめさん、この次はどこで会いましょうかね」

と言い残した四郎兵衛に従い、幹次郎も齊田屋の帳場を出た。茶屋じゅうのあちらこちらで奉公人が息を呑んで帳場の様子に耳を傾けている気配がした。

四郎兵衛は気持ちを鎮めるためか、

「天女池の野地蔵様にお参りしていきませぬか」

と幹次郎を誘った。

幹次郎にとって、この日二度目の天女池だった。蜘蛛道に潜り込んだとき、四郎兵衛が問うた。

「どう思われますな」

「齊田屋にございますか。七代目が自ら動くと申されたときから訝しくは思うておりました。それがし、吉原を知ったつもりでおりましたが、なにも知らぬということを思い知らされました」

「ふっふっふ、古狸が居直ったんですよ。相手も最後っ屁をかましやがった。齊田屋は禿の足抜に間違いなく一枚嚙んでおります。こりゃ、行くところまで行きそうな」

「しょうげんの殿様は幕府の要職にある身分の方にございましょうか」

「まずその辺り。われら吉原に命じることができる大身旗本と思えます。六人の禿を集めたのも足抜のための備えをさせたのも、どうやら齊田屋の座敷のようでございますな。齊田屋が無理をしておるというのは火事の前からの話でしてね、同業でもございます。苦しいときは相身互いとつい目を瞑ってきたのが仇になりました」

「われらが訪ねた折り、表土間で長いこと待たされましたが、齊田屋はどこぞにご注進に及びましたか。それを番方らが尾行していかれた。これでしょうげんの殿様に辿りつくと、四郎兵衛様が出張りになった甲斐があったというものです」

ふっふっふふ

と含み笑いした四郎兵衛が、

「神守様は吉原を知らぬどころではない。私の考えなどとっくにお見通しにございますな」

四郎兵衛は又造とおみよが下総結城から抱えてきた野地蔵の前に腰を屈めると長いこと合掌した。

「小紫は吉原に後足で砂を掛ける真似を、足抜をしましたがな。爺様を通してこのお六地蔵と禿の小花を吉原のために残してくれた。この野地蔵も女郎衆の救いになっているようだ」

「最前もこの前で薄墨太夫と禿の小花に会うて、しょうげんの殿様の話を聞かされたのです」

「ここで話を聞かされましたので。そりゃ、御利益はございましょうよ」

「少なくとも小花は薄墨太夫を継ぐ花魁に育つように思います」

「利発だし、なにより薄墨が手塩にかけて育てている禿です。伊勢参りなどという甘言には惑わされませんよ」

「いかにもさようです」

「ようやくむしゃくしゃした気持ちが鎮まりました」

四郎兵衛が言い、立ち上がった。

半刻後、今戸橋の船宿牡丹屋から政吉船頭の櫓で一艘の猪牙舟が隅田川に乗り出した。舟には四郎兵衛と幹次郎、それに南町奉行所定町廻り同心の桑平市松が乗っていた。

四郎兵衛と幹次郎が会所に戻ると、時造が出入りしていたという鶏師、鐘ヶ淵の荷船屋関屋の隠居の文蔵に会いに行った長吉から文が届いていた。鶏師とは胴元のことだ。その文を読んだ四郎兵衛が、

「この一件、長吉の手に負えますかな。まさか鐘ヶ淵の関屋の隠居が、人の血の

臭いがすることに関わりがあるとも思えないがね」

と呟き、その足で大門を出ると今戸橋の牡丹屋に向かったのだ。

見返り柳と今戸橋の真ん中辺りで桑平市松に会った。

四郎兵衛が向こう岸、隅田村の円徳寺付近で開かれているという闘鶏場に行くと言うと桑平同心が、

「それがしも同行しては迷惑かな、七代目」

と四郎兵衛に問い返した。

「なんの、迷惑どころか大助かりにございますよ」

四郎兵衛が笑い、小者を連れた桑平同心は牡丹屋に行くと、小者にここで待て、と命じて自分ひとりだけ猪牙舟に乗り込んだ。

政吉の櫓で隅田川の中ほどに差しかかったとき、

「神守どの、そなたの意を汲んだ読売が出ておるぞ」

懐から読売を出して幹次郎に渡した。

会釈して受け取った『世相あれこれ』を広げた幹次郎は四郎兵衛に黙ってそれを渡した。桑平同心が睨んだ通り、幹次郎は『世相あれこれ』の主の浩次郎に願いごとをしていた。ゆえに読売を読まずともおよその文面は分かっていた。

四郎兵衛が首を傾げて受け取り、

「本日はお互い、脅かしっこでございますか」

と呟きながら読売に目を落とし、ふむふむ、と言いながら声に出して読み始めた。

「近ごろ、浅草田圃に白狐が六匹姿を見せるそうな。過日も吉原の奉公人が出会うたとか。要あらば、改めてお目もじしたいそうな。伝言を承ったのは『世相あれこれ』主人浩次郎にございます。夏の夜半、一興なりか、はたまた世迷言か。世に噂のタネは尽きまじ。亭主敬白、ですか」

と読み切った四郎兵衛が、

「未だ例の一件、腹に据えかねておられますか」

「頭取、余計なことをしてしまいました。番方の姿を見ていたら、なんとのう一矢報いたいと思うたのです」

「私の勘ではもはや白狐は出ますまい」

「現われないのなれば、それはそれで致し方ございません」

と幹次郎が応じ、桑平が呟いた。

「会所が屈した相手は、うちの奉行の首などあっさりと挿げ替える城中の偉いさんのようだな。神守どののこの誘い、吉原にとってけっこう大事なことではないか」

「桑平様、さようとは存じますがな」

「頭取、こたびの一件とて、相手が大物の場合、先例に倣い、吉原に無理難題を仕掛けてくるやもしれぬぞ。やはり降りかかってくる火の粉は払うておくしかあるまい」

「桑平どの、まさか莉紅に始まる一連の殺しとこたびのことが関わりあると申されますか」

「それはなかろう。ともあれ、おぼこ娘を愛でる連中の正体を白昼に暴き立てたいと思うばかりよ」

「連中と申されましたか。ということは相手はひとりではないのでございますな」

「まだ女になってない娘をいたぶる趣味嗜好の士は、なんとのう寄り集まってくるものだ」

「その中にしょうげんの殿様と呼ばれそうな人物が交じっておりますか」

桑平市松が四郎兵衛を、そして幹次郎を見て、

「さすがは吉原会所、やることが素早いな」

「神守様のお手柄です」

「家斉様御側衆のひとり、旗本六千七百石、水城丹後守将監(みずきたんごのかみしょうげん)様」

「水城将監様はおいくつにございますな」

「三十二歳、高家(こうけ)の出の娘を嫁にしたが、子はない。幼い娘が好みじゃそうな」

桑平同心が答えたとき、猪牙舟は木母寺(もくぼじ)の広大な境内と接する水路へと入っていった。

鶏師の関屋の文蔵が闘鶏を催す円徳寺は、木母寺の東側にあった。

猪牙舟が木母寺の裏手、東側に回り込むと、隅田村の土手から突き出した橋板に長吉が立っていた。

三

「どうしたえ、小頭」

四郎兵衛が声をかけた。

「へえ、隠居の文蔵め、うちは吉原会所に踏み込まれる真似はしてねえ、話があるなら七代目を寄こせと、門を開けてくれないんで」

「どこから訪いを告げた」

「そりゃ、冠木門（かぶきもん）からですよ」

分かった、と答えた四郎兵衛は長吉に門の前で待つように命じると、

「政吉の父つぁん、隠し水路に舟を回しておくれ」

「あいよ」

と老船頭があっさりと受けた。

長い付き合いの四郎兵衛と政吉にだけ通じる話だった。

猪牙舟はさらに木母寺と円徳寺の間の複雑な水路を進み、何度も曲がりくねっていくとだんだんと水路が狭くなり、行き止まりになっているように見えた。

幅四尺（約一・二メートル）ほどの水路には両岸から芒（すすき）が垂れ下がって、いよいよ視界を狭くしていた。

舳先に座した幹次郎は菅笠で芒の穂が顔を打つのを避（よ）けて前方を見ていた。吉原から隅田川を隔（へだ）てた隅田村には幹次郎が知らない土地があった。つくづく四郎兵衛や政吉の年季には敵わないと胸の中で苦笑いした。

「神守様、この先、行き止まりになる。舟が泊まる前にぽんぽんと三つ柏（かしわ）

手を打ってくんな」

「承知した」

低い姿勢で行く手を眺めた。

古びた厚板の扉が見えた。

幹次郎は言われた通りに柏手を打った。するとしばらく間があって、どこからともなく、

「どおれ」

との言葉が響き、扉が左右に開いてさらに猪牙舟は進んだ。

前方のどこから漏れてくるのか薄い光にほんのりと浮かぶ隧道に入っていった。

幹次郎が手で左右の壁に触れると、隧道は自然の岩盤を刳り貫いて造られてあるのが分かった。むろん天井も岩だった。

「江戸外れの隅田村にかような仕掛けがあることを、頭取、ようも承知じゃな」

南町奉行所の定町廻り同心桑平市松が驚きの声を漏らした。

「関屋の隠居が道楽で造った仕掛けでしてね、心を許した相手じゃないとこの隠し水路は教えてもらえないのでございますよ。こっちは関屋の隠居が若いころからの知り合い、お互い悪さをした仲でございましてね」

「驚いた」

「定町廻りの旦那方の縄張りは江戸府内でございましょ。円徳寺横の隠し水路をご存じないのは至極当然にございますよ」

四郎兵衛が何気ない口調で応じたとき、扉が開かれたような音がした。そして前方の薄闇から強い光が差し込んできて、小さな船隠しが現われた。

猪牙舟は、いつしか夏の光がさんさんと降る表に出ていた。

船着場に浴衣の裾をからげた老人が立っていた。どうやら鶏師の関屋の文蔵のようだ。小脇に一羽の軍鶏を抱えて、もう一方の手でとさかを撫でていた。

軍鶏の目は爛々と光り、幹次郎らを睨んだ。十分に訓練を積んだ軍鶏とみえ、老人が虚空に放てばたちまち幹次郎を襲いかねない面構えだ。

「久しぶりじゃな、七代目」

「お邪魔しますよ。こちらのふたりは私が信頼する方々にございますでな。関屋の隠居、お許しあれ」

四郎兵衛の言葉に文蔵が笑顔で応じた。

「舳先に座っておられるのが吉原会所の凄腕の裏同心神守幹次郎様、胴の間におられるお役人は初めての顔じゃな」

「南町の定町廻り同心桑平市松様だ、関屋の隠居」

関屋の文蔵の問いに四郎兵衛が答えた。

「隠居とは浮世の雑事俗事と関わりなく生きることだ。年寄りの道楽場にそれを持ち込むとはどういうことだえ、七代目」

すまない、と四郎兵衛がまず詫びた。

「竜泉寺村の雑木林の中でさ、時造ってちんぴらが殺されたのさ。こやつは闘鶏好きでね、この界隈の闘鶏場に出入りしていると聞いたので、まずおまえさんの知恵を借りに小頭を寄こしたってわけだ。関屋の隠居が私を呼んだということは、なんぞ承知か」

文蔵が軍鶏を抱えて立つ背後から闘鶏の訓練でもしているのか、軍鶏同士が蹴り合う激しい音、鳴き声や羽音、羽ばたきなど戦いの気配が漂ってきた。だが、人声は一切しなかった。

四郎兵衛は猪牙舟から下りる気配はない。幹次郎も桑平同心も動けない。四郎兵衛は舟の中から文蔵に質した。

「時造か、たしかに闘鶏は好きそうだが、軍鶏が分かっているとは思えない青二才だな」

「なぜ関屋の隠居ともあろう者がさような青二才に大事な闘鶏場への出入りを許しなさった」

「時造は使い走りだ。奴の背後にな、川向こうの闘鶏好きがいてな、うちと張り合おうなんぞ考えてやがったのさ。その雇い主の手の者のひとりとして、時造はうちに潜り込んできた。ありゃ、強い軍鶏の育て方を知ろうとしてのことだな。そんなわけでうちでは時造を適当にいなして遊ばせていたんだ。締め出すよりもうまく使う道がないわけじゃない」

「時造の背後にいる者とはだれだえ」

「七代目、気は合わないが闘鶏仲間だ。そいつの名をわしの口から言うのは気が引けるな」

「相変わらず律儀(りちぎ)だね、関屋の隠居は」

「仲間は裏切らない、それが長生きのこつだ」

四郎兵衛は煙草入れから煙管を抜いた。だが、抜いただけで刻みを火皿(ひざら)に詰めようとはしなかった。しばらく沈黙の間があって、

「幼い娘をいたぶるのが好きな大身旗本がいる。そのしょうげんの殿様が軍鶏好き、闘鶏好きとは知らなかったよ、関屋の隠居」

「なんだ、七代目はすでに知っているんじゃないか。あの殿様、こたびはなにをやらかしたえ」

「禿六人をお伊勢様の抜け参りと騙して大門の外に連れ出した頭目と、私は睨んでいるのさ。時造はその手引きをして使い回されたあと、秘密がばれないように始末された」

「なんてこった、時造がかわいそうになったぜ。ともあれ吉原会所としては禿を外に連れ出すなんぞは到底許せることじゃないな」

「許せないね。うちは御免色里、江戸町奉行所の支配下にある。そんなわけで同心の桑平様がご一緒なされたのさ」

四郎兵衛は言葉の外に奉行所が動いていると示唆した。だが、動いているのは桑平ひとりだった。

「定町廻り同心が吉原を縄張りにしているとは知らなかったな、七代目」

「時造が始末されたのは、吉原の外、竜泉寺村と鶉御場の境の雑木林だよ」

「ああ言えばこう答えなさる。昔から七代目はなかなかの策士にして口がうまかったな。そんな気性じゃあ、軍鶏一羽育てられめえ」

「軍鶏を育てるにはなにが足りないかね」

「口は要らない、ただひたすら根気と我慢かね」

「女子を手なずけるのといっしょだな」

文蔵の手の軍鶏が甲高い鳴き声を張り上げた。すると舟からは見えない庭先から仲間か、戦いの相手か、無数の軍鶏が呼応して鳴いた。

文蔵は軍鶏たちが鳴きやむのを待って言った。

「ここんとこ、水城将監の殿様は手元不如意という噂を聞いたよ。わしに対抗しようとして、上方から強い軍鶏を何十羽も買い上げたそうな、危ない入れ揚げ方だな」

「六千七百石の身代を軍鶏が揺るがすのかえ、ご隠居」

「七代目、おまえさんも若いころはわしとつるんで遊んだ仲だ。意外なものが値を張ることを覚えてないかえ」

「昔のことだな」

「七代目もさすがに軍鶏の値は知らないか。殿様のやり方は雛から育てるんじゃねえ、わしのところに時造のような闘鶏好きの青二才を送り込んだり、一方で他の土地から強い軍鶏を金で買ってきて闘鶏場に出そうってな魂胆だ。あの闘鶏好きではいくら銭があっても足りるまいよ。まず軍鶏を好きにならなきゃな」

「その小脇に抱えた軍鶏はいくらだ」

「吉原の太夫を落籍するほどの値をつける軍鶏屋もいるよ」

「驚いた」

「殿様め、軍鶏か娘かどちらかひとつに道楽を絞っておけばよかったのにな。これで三河以来続いた譜代の旗本家も終わりだな」

「闘鶏好きの殿様がいなくなって寂しくはないか」

「半端な闘鶏好きは目障りだ。まして吉原の米櫃になろうという雛を六羽も盗んだんじゃ、水城家は取り潰しになっても仕方あるめえ。いや、その前に裏同心の旦那が始末なさるかね」

「さあてな。うちの神守様は始末屋でも殺し屋でもないよ、関屋の隠居」

「川向こうから川風に乗って噂があれこれ伝わってくるよ。雷御門脇の質商小川屋の仇を討ってくれたそうだな。わしゃ、若いころ、小川屋に世話になった。そうだ、七代目も都合をつけてもらった口じゃないかえ」

「関屋の隠居、そりゃ、若気の至りってやつだ。神守様も桑平様も知らない話をばらすんじゃありませんよ」

ふっふっふふ

文蔵と四郎兵衛が笑い合った。そして、四郎兵衛が幹次郎を、なにか尋ねることはないかという表情で見た。

「関屋のご隠居様、吉原を抜け出た禿たちはしょうげんの殿様の手元にあるとそれがしは推察しておる。ご隠居様は同好の士のことはなんでもご存じのようだ。どこに連れていかれたと考えたらよかろうか」

「神守様、この文蔵を呼ぶのにご隠居様には参ったな。ただの軍鶏好きな爺にございますよ」

「いえ、ご隠居様も七代目も計り知れぬ御仁にござる。ご隠居様とお呼びするのはそれがしの本心にございます」

「吉原会所の裏同心は油断がならぬと聞いたが、太夫殺しの他に年寄り殺しの手を承知しておられる」

とぼやく文蔵に桑平同心がわが意を得たりという笑い声を上げた。

しばし迷いの表情を見せていた文蔵が、もはや致し方ございませんなと呟くと、幹次郎に視線を戻した。

「神守様、水城家の殿様の軍鶏場を一度だけ訪ねたことがございます。谷中本村（やなかほんむら）の抱屋敷にございますよ。美作国（みまさかのくに）津山（つやま）藩松平（まつだいら）家の抱屋敷の北側にございますでな、軍鶏の鳴き声を頼りに探しなされ。鳴き声はすでに承知じゃな」

「最後にもうひとつ、ご教示願いたい」

「なんですな、年寄り殺しどの」

「殿様は居合術をものにしておるかどうか、承知ござらぬか」

「水城将監様は闘鶏と幼い娘が道楽、奥方様の肌に近ごろ触れられたこともございますまいよ。剣術はかたちばかり、ただ今のお武家様方と同じで、刀は飾りにございますよ。ただし、殿様には小姓が従うております。いえ、小姓風の形をさせた娘でしてね。この娘、野鈴みゆきという従者ですが、小太刀の名手で抜き打ちの達人だそうですぜ。まあ、わしの勘では時造を始末したのはその女でしょうな。長振袖が翻ったときには、相手はこの世の者ではないそうな」

覚えておきます、と幹次郎が頭を下げた。

「直参旗本にあるまじき殿様ですな」

と四郎兵衛が答え、

「関屋の隠居、たまには吉原に遊びに来ないか」

と誘った。

「人の女子にはもはや関心はないよ」

関屋の文蔵がいきなり小脇に抱えた軍鶏を、
ぱあっ
と虚空に放った。高々と空に舞い上がった軍鶏が一声甲高い声で鳴くと仲間のいる庭先に飛んでいった。すると見えない庭先から凄まじい鳴き声が沸き上がった。文蔵は懐に片手を突っ込むと、
「昔の遊び仲間の誼だ、最後の贈り物よ」
と言うと手に握れるほどの紙包みを幹次郎に向かって投げた。そいつを幹次郎が片手で受け取り、一礼した。
「うちの軍鶏には足先に刃などつけねえ。だが、水城の殿様の軍鶏は刃が付けられている。野鈴みゆきよりこっちに気をつけなせえ」
政吉船頭がくるりと猪牙舟を船隠しで回し、ふたたび隧道へと舳先を向けた。

その夜四つ半（午後十一時）過ぎ、吉原会所の奥座敷で番方仙右衛門、小頭長吉、それに幹次郎が同席して、禿六人の足抜騒ぎの始末が話し合われた。まず四郎兵衛が、
「こたびの禿足抜騒ぎの首謀者は、引手茶屋の齊田屋瑛太郎と思われる。齊田屋

は茶屋商いの傍ら数人の女衒を密かに抱えて、娘を越後や出羽から買い叩いてきて、この吉原や四宿に売りさばいております。いささか吉原の道理に反した行いです。ですが、これは会所も目を瞑れない話ではない。なにしろ娘を買われる妓楼の主がおられますゆえ、齊田屋の闇商いだけを責めるわけにもいきますまい。だが、まだ考えが定まらない禿をお伊勢様に抜け参りさせると騙して連れ出し、幼い娘を欲しがる変わり者に売りつけようとする所業は断じて許せませぬ。

齊田屋が強気なのは、公方様の御側衆水城将監様が控えておるからです。ただ今の水城様を以てすれば、吉原をかく乱することなどたわいもないこと。会所が南町奉行所隠密廻りにお願い申し、さらにお奉行様の判断を仰ぐ前に、水城様の手がこちらに伸びる恐れが十分にございます。そこでこたびのことは速戦即決に動く要がございます。莉紅の心中仕立ての殺しに始まるあの騒ぎは、ご承知のように潰されました。二度続いて、吉原を引っ掻き回されてはなりません。元吉原以来、吉原が生きていけるかどうかの瀬戸際の話です。今宵のうちに決着をつけます」

と言い切って話をいったん止めた四郎兵衛は、

「齊田屋には水城将監様の偽の使いを行かせて、谷中本村の抱屋敷に呼び出す手筈です。この道中で齊田屋瑛太郎を捕まえ、なんとしても白状させます。引け四つの刻限が近づきますのでな、これにて談義は終わりです」

と作戦の時を告げた。

「なんぞ問い質したいことがございますか」

「齊田屋瑛太郎が白状した節には始末してようございますな」

仙右衛門が念を押した。

「瑛太郎が水城将監様に頼った以上、口は封じてもらいます。齊田屋が今後吉原で商いが続けていけるかどうかは、残された者たちの頑張り次第。あのようにだらけ切った商いのやり方が通じるとは思えません。ともかく禿六人を足抜させた咎は齊田屋瑛太郎の命にて償ってもらいます」

「頭取、委細承知しました」

仙右衛門が答え、長吉、そして幹次郎が立ち上がった。

吉原の大門が開かれているのは本来は四つまでと定められていた。

長い間の慣習で四つの刻限に拍子木が鳴らされることはない。だが、止めの拍子木はほぼ一刻後の九つ（午前零時）前に叩かれた。そうすることで吉原は一刻ほど長く商いを続けることができた。

これを引け四つと称したが、このために吉原は莫大な金子を、監督役所の江戸町奉行所をはじめ、要所要所に払ってきた。

幹次郎ら三人は、通用口から五十間道に抜けた。ちらりと大門の脇を見ると、武家方の用人が用いそうな乗物が停まっていた。

幹次郎らは五十間道の暗がりでじいっと大門を窺っていた。

見返り柳の立つ坂上から駕籠が飛ぶようにやってきた。

馴染の遊女のもとに通う客だった。そのような駕籠が何丁か続き、大門が会所の若い衆の手で閉じられようとした。すると仲之町から羽織を着た齊田屋瑛太郎が、水城家の家来に案内されて大門を出て、

「おや、乗物まで用意していただきましたので」

と満足げな声を出して乗物に乗り込んだ。

そのとき、引け四つの拍子木がちょんちょーん、と入り、しばらく間を置いて九つの鐘の音が響いてきた。

陸尺(ろくしゃく)ふたりの乗物は五十間道を衣紋坂へと上がっていく。ちらりと家来が幹次郎たちの潜む暗がりに視線を向け、頷いた。

なんと乗物に従う家来は南町奉行所定町廻り同心の桑平市松の変装姿だ。

衣紋坂高札場の角を左へ取り三ノ輪村へと向かった乗物は、吉原の大門の北西側へと回り込んだ。

乗物は灯りが消え始めた吉原の鉄漿溝の横手を通り、ひたひたと進んで、鷭御場と竜泉寺村の境にある雑木林に入り込み、小屋の前で停まった。

「齊田屋どの、こちらへ」

桑平市松同心扮する水城家の家来が声をかけ、

「谷中本村までえろう早うございましたな」

と言いながら齊田屋瑛太郎が引き戸を引くと、

「うっ、なんですね、暗いところではございませんか」

と竦む襟首が摑まれ、時造の殺された小屋の中に放り込まれた。

襟首を摑んで投げたのは桑平同心だ。

「な、なにを無体な」

瑛太郎が湿った土間に転がり、闇の中に視線を這わせた。

「未だ地べたが湿っておりますな、齊田屋さん」

と闇の中から声が響いた。番方、仙右衛門の声だ。

「だ、だれだえ」

「湿った血はおまえさんのところに出入りしていた時造の血だよ」

「か、会所か。このような理不尽、殿様が許されるはずもない」

「水城丹後守将監は公方様(くぼう)の御側衆のひとりじゃそうな」

「そうですよ、吉原会所の七代目の首を挿げ替えるなどいと容易い」

「公方様のお力に縋るかえ。だがな、齊田屋、おめえの話次第で明日の夜明けは迎えられまいな」

「ちくしょう」

と吐き捨てた齊田屋が懐に忍ばせた匕首(あいくち)を抜いた気配がした。

「齊田屋瑛太郎、禿は吉原の宝だ。そいつを殿様に売り渡して、おめえは次の会所の頭取にでもしてやると殿様から約束されたか」

「おお、番方。おまえらはすべて吉原から放り出しますよ」

「おもしろいね」

番方の言葉のあと、小屋の外から提灯が突き出され、中が浮かび上がった。すると齊田屋瑛太郎は時造が死んでいた地べたに膝をついているのが分かった。未だ地面が血で濡れていたのは、鶏の血をその上に撒(ま)いたせいだ。

「ひえっ」

小屋の片隅で四郎兵衛が空樽(あきだる)に座り、齊田屋を黙然と睨んでいた。

「齊田屋さん、どれほど我慢できるかね。根競(こんくら)べだよ」

「奉行所に訴えてやる」

「こたびは奉行所の名を持ち出されたか。まずおまえさんの声は届きますまいな」

四郎兵衛が応じ、仙右衛門が抜身の匕首を手にした齊田屋瑛太郎を見た。

幹次郎はひっそりと小屋の入り口に立っていた。南町奉行所定町廻り同心の桑平市松は、この場から姿を消していた。

「桑平様、お手助けになんと感謝申し上げてよいやら、ここからはあなた様はもはや私どもと行動をともにしないほうがいい。なんたって町奉行所のお役人にございますからな。これからの汚れ仕事は私どもだけで務めます」

との四郎兵衛の言葉を受けてのことだった。その四郎兵衛が齊田屋瑛太郎に言った。

「谷中本村に夜中の散策(さんさく)と参りますか。それともこちらで禿六人足抜の実態を白状しますかえ」

四

家の棟も三寸（約九センチ）下がるという丑三つ刻（午前二時）、幹次郎、仙右衛門、それに長吉は御側衆水城将監の抱屋敷の築地塀を乗り越えて潜入していた。

最後に手足を縛られ、口を封じられた齊田屋瑛太郎が若い衆の手で塀の中へと放り込まれた。すると猿轡をされた齊田屋が、

うっ

と呻き声を漏らした。

時造が殺された小屋で齊田屋は洗いざらい話した。

女衒五人を使い出羽、陸奥、越後一円から娘たちを買い叩いてきて、吉原の一部の中見世、小見世、あるいは品川など四宿の岡場所に売っていること。吉原の天神屋など五楼から六人の禿をお伊勢参りに連れていくと時造を使って体よく騙して足抜させたこと。むろんこの一件は御側衆の水城将監と組んでの荒業だった。

水城が六人の中のひとりを選び、残りの五人は幼い娘の愛好癖がある同好の士

に高値で売り払うことが決まっていたそうな。

「七代目、これだけ喋ったんだ、命は助けてくれ。もう女衒の真似ごとも禿の足抜の手引きなんてこともしない」

「引手茶屋はどうしなさる」

「そりゃ、うちの本業だ。それくらいは大目に見てくれてもよいではありませんか、頭取」

「齊田屋さん、虫がいい話ですね。おまえさんのやったことは吉原の顔に泥を塗ったどころじゃない。天神屋さんなどはそんなことではお許しになりますまいよ」

「茶屋の株も渡せというのか。そりゃ、ひどい」

「まだ甘いと思うがね」

四郎兵衛が応じた直後、長吉が砂を詰めた布袋で齊田屋の後頭部をがつんと叩いて気を失わせた。そして、水城家の抱屋敷に連れ込んだのだ。

二千数百坪はありそうな広さの水城家の築地塀の内側を鬱蒼と生い茂った木々が外部の目から隠し、軍鶏の蹴り合う声が聞こえないように工夫されていた。

だが、それも昼間のことだ。ただ今は森閑として弦月(げんげつ)の明かりが雲間から時折抱屋敷を淡く照らしつけているだけだった。

水城家抱屋敷の母屋は新堀村の境に接した北側に寄っていた。

敷地の様子は関屋の文蔵が手描きしてくれた絵図面でおよそ三人の頭に刻み込まれていた。

それによれば敷地の真ん中に地面より半間（約〇・九メートル）ほど低く掘られた円形の軍鶏の訓練場があった。その円の直径は十間でその真ん中にさらに四尺（約一・二メートル）地面を掘り下げ、直径一間（約一・八メートル）の丸い穴が掘られてあるそうな。

訓練場の中にある穴こそ、蹴爪に刃を付けた闘鶏用の軍鶏が一対一で戦う場であった。

文蔵は、いっとき禿六人が囚われているとしたら、その血腥い穴しかあるまいと敷地の絵図面に描き込んでいた。

幹次郎らはその絵図面を信じて、真っ直ぐに訓練場に向かった。その訓練場には竹を組み合わせて円天井が設えられ、その上を麻紐で編んだ網で覆い軍鶏が逃げ出せないようにしてあった。

訓練場の出入り口は一か所だ。軍鶏は眠りに就いていた。

「鶏は鳥目と聞きますが、軍鶏も闇夜じゃなにも見えませんかね」

と長吉が呟いた。

「そいつを信じて動くしかあるまい」

仙右衛門が応じて、石段を何段か下りたところにある厚板の戸口の閂を外して戸を押し開き、仙右衛門と長吉が齊田屋の縛められた体を訓練場に抱え込んだ。

幹次郎は手に軍鶏の蹴爪に付ける一対の鋭い刃を握っていた。

それは関屋の文蔵が描いてくれた水城家の絵図面を投げる際、重し代わりに包み込まれていたものだった。文蔵は軍鶏の蹴爪に付けられた刃の恐ろしさを親切にも前もって教えてくれたのだ。蹴爪に刃を付ける水城の闘鶏を文蔵は許せなかったのだと、幹次郎は推察していた。

まず三人は雲間から現われる弦月の薄蒼い光で闘鶏の訓練場全体を眺めた。たしかに訓練場の真ん中に一間の丸い穴があり、格子窓が落とし込まれて、格子が開かぬように錠前が掛けられていた。そして、訓練場のあちらこちらに軍鶏が眠っている気配がした。その数は何十羽か、あるいはもっとか。推測がつかなかった。

「穴を調べますぜ」

猿轡をされた齊田屋をその辺に転がし、仙右衛門と長吉が穴に接近した。

幹次郎は訓練場の壁に沿って進んだ。軍鶏を訓練する者が潜む板囲いが訓練場の中に二か所あった。

その暗がりに身を潜めた。

仙右衛門が格子窓に顔をつけて、穴を覗き込んだ。すると、六人の娘たちが恐怖と不安をこらえてか、抱き合うようにして眠りに就いていた。

「春香はいるか」

仙右衛門が小声で二度三度繰り返して名を挙げながら問うと、娘のひとりが目を覚まし、格子窓を仰ぎ見た。折りから月が雲間から姿を見せると、次々に目を開けた恐怖に怯えた娘たちの顔を照らした。

「わっしは、吉原会所の番方仙右衛門だ。助けに来た」

その言葉に娘たちが喜びの声を上げようとした。ために軍鶏がばたばたと騒いだ。

「もうしばらくの辛抱だ、静かにしねえ。そうしないことには助けられねえ。この格子窓の鍵はだれが持っているな」

「番方さん、用人さんがいつも腰に下げております」

「そいつは厄介だ」

仙右衛門が応じたとき、訓練場の戸が開かれてふたつの影が姿を見せた。その影のひとつが地べたに転がされた齊田屋瑛太郎の姿を認め、舌打ちした。しょうげんの殿様こと、御側衆水城将監だろう。そして、長振袖の小姓姿は、時造を一撃で斬ったという野鈴みゆきか。

「みゆき、手間が省けた。吉原会所の愚か者が舞い込んだ」

水城将監が嘯くと、みゆきと呼ばれた小姓姿の女が細身の剣を抜いた。そして、無造作に体を縛められ、蓑虫のように転がる齊田屋瑛太郎の首筋を突き刺した。無情の一撃で、縛られた齊田屋は五体を痙攣させていたが、やがてことりと動かなくなった。

「灯りを入れよ、軍鶏の恐ろしさを教えてくれん」

と将監が外に向かって叫ぶと、竹格子と麻網の外から強盗提灯の灯りが三つ照射され、仙右衛門と長吉の姿を浮かび上がらせた。

眠っていた軍鶏がいっせいに目覚め、敵を求めて威嚇の鳴き声を上げた。

どの軍鶏の蹴爪にも鋭利な刃が履かされていた。

「番方、小頭、伏せよ」

と幹次郎は命じると、水城将監と野鈴みゆきを見た。

「ほう、会所の用心棒もおったか」

と漏らした水城が、

「みゆき、あやつを先に始末せえ」

と命じた。

みゆきは抜いていた細身の剣を鞘にいったん仕舞うと、幹次郎へ間合を詰めてきた。幹次郎は板囲いから身を出すと両手をだらりと垂らしたまま、野鈴みゆきと向き合った。なんとも訝しいことに軍鶏たちの攻撃は番方と小頭に集中していた。軍鶏は飼い主には攻撃しないように訓練されているのか。

軍鶏たちは幹次郎には気づいていないようだ。

仙右衛門は匕首で、長吉は背に差し込んでいた短い棍棒で追い払っていた。

だが、軍鶏は多勢、次々に代わって攻撃してきた。すでにふたりはかすり傷を負っていたが、そのうち致命的な傷が加えられるのは目に見えていた。

幹次郎とみゆきは一間半の間合で睨み合った。

みゆきは腰を落とし、鞘に片手を掛け、右手をぶらぶらさせて、いつでも抜く構えに入っていた。

だが、幹次郎は未だその気配を見せていなかった。

「来ぬならこちらから参る」

と抑えた声で宣告した野鈴みゆきが地面を滑るように踏み込み、右手が柄に掛かると抜き上げた。なんとも迅速な動きで流れるような居合だった。

その瞬間、幹次郎の右手が捻られて、関屋の文蔵が投げて寄こした軍鶏の爪に着ける刃が飛んで、みゆきの首筋に食い込んで動きを止めた。

予想もしない不意打ちだった。

うっ
立ち竦んだみゆきの首筋から血しぶきが散り飛んで、軍鶏が狙いを野鈴みゆきに変えた。

眼志流の居合で応対したのであれば、勝ちを得たかどうか。幹次郎は一瞬背筋を凍りつかせた。

水城将監が思わぬ展開に訓練場から逃げ出そうとして、ちらりと幹次郎を見た。それが「しょうげんの殿様」の間違いだった。

幹次郎の手から二本目の闘鶏用の刃が飛んで、喉元に食い込んだ。

将監の体がよろめき、齊田屋瑛太郎の骸に足を取られて仰向けに転がった。その将監の体にも軍鶏が襲いかかっていった。

闘鶏の域を超えて水城将監は軍鶏を血に飢えた殺人鶏に飼育していたのだ。

幹次郎らはその恐ろしい光景を言葉もなく眺めていた。

突然、竹格子の向こうから照らされていた強盗提灯が揺れてひとつが消え、またひとつが消えた。役目を放棄した者がその場から逃げ出したか、灯りは最後のひとつだけになった。そして、その灯りもゆらゆらと揺れて消えた。

ふたたび闇が谷中本村の御側衆水城将監の抱屋敷を覆った。

興奮した軍鶏の群れがしばらく暴れ回っていたが、不意に動きを止めて中断していた眠りに戻った。

訓練場に重い沈黙が訪れた。

突然、幹次郎の足元になにかが落ちてきた。

月明かりで確かめられたのは鍵だった。見上げると竹格子の向こうに南町奉行所定町廻り同心桑平市松の姿があった。

「ただ今会所の七代目に、それがしに企ての途中から手を引かせるような真似をなすと碌なことにはならんと文句を言うてきたところだ」

ていた禿の春香の泣き声が漏れてきた。


「いかにもさようでしたな」

と笑い返した幹次郎は桑平が投げた鍵を拾った。すると訓練場の穴に入れられ

二日後、四郎兵衛に伴われた番方の仙右衛門と神守幹次郎は今や玉藻に代わり汀女が差配する浅草寺門前並木町の料理茶屋山口巴屋の座敷で南町奉行所定町廻り同心の桑平市松と対面していた。

「桑平様をのけ者にしたわけではございません、奉行所同心というご身分を考えてのことでした。私としたことがえらい間違いをしでかしました。桑平様、この通り白髪頭を下げますでお許しくだされ」

「われらの身分がお目見以下、三十俵二人扶持であることは七代目に説明の要もあるまい。不浄役人と蔑まれるわれらのどこに身分などあるものか」

と笑った四郎兵衛に桑平同心が、

「そう申されますると身も蓋もない」

「もはや会所には話が通っておろう。御側衆水城家の当代は幕閣の要職の重責を忘れ、闘鶏に現を抜かし、飼育した軍鶏に突き殺された不始末、譜代の直参旗

本の所業に非ず。嫡子もおらんので、水城家はお取り潰しと決まったそうな」

「そう聞いております。私どもはこたびの一件でいちばんの収穫は桑平市松様と昵懇になれたことにございます。今後ともよろしくお付き合いのほどお願い申します」

「それがしは定町廻り同心、廓内のことは一切関知せぬ」

「廓内は隠密廻り同心方の職掌、こちらをどうのこうのなどとは申しませぬ。こたびの騒ぎでもお分かりのように廓の中だけで始末がつかず、江戸の町と関わりを持つことが多くなりました。その折り、お知恵を貸していただけると、会所として大助かりにございます」

「一介の町方同心が貸す知恵などあろうか。ともあれ、なんぞ互いに役立つことあらば当然そう致す」

「有難い思し召しでございます」

「それがしにとっても質商小川屋一家と奉公人の七人殺しの騒ぎ以来、会所の力は存分に思い知らされた。とくにこの御仁の凄腕はな」

桑平市松が幹次郎を見たとき、汀女が、

「ようこそ山口巴屋にお越しになりました」

と挨拶に出て膳と酒が運ばれてきた。

四つ半過ぎ、幹次郎は汀女を伴い、料理茶屋山口巴屋を出た。すでに客の桑平市松は駕籠で八丁堀に送っていかれ、四郎兵衛に同道して仙右衛門も吉原へ戻っていた。

幹次郎は汀女がすべての後片づけを終えるのを待って、夫婦して山口巴屋をあとにした。広小路を突っ切り、仲見世の参道から浅草寺の本堂へ出るといつものように、

「今日一日が無事に過ごせたこと」

に感謝して手を合わせ、奥山から畑屋敷に抜けようとした。

それがふたりの住む浅草田町の左兵衛長屋への近道だったからだ。この浅草寺裏の畑屋敷にも鶺御場があった。

奥山の見世物小屋はすでに眠りについていた。

幹次郎と汀女が紫光太夫の小屋の前に差しかかったとき、ふたりの足が止まった。

前後を見回した幹次郎の、

「夏の夜半、怪しげな白狐が現われるにはちょうどよい刻限とは思わぬか」

との誘いの声に、ふたりの前後に三人ずつ白衣の六人が現われた。一度幹次郎を浅草田圃で待ち受けていた面々だ。未決の連続殺人騒ぎの発端、莉紅と直島屋の若旦那の心中を偽装して殺した連中と幹次郎は見ていた。その主には手は伸ばせない。でも、せめて殺し屋は始末しておきたかった。

「神守幹次郎、吉原会所の雇われ人が読売を使うてわれらを誘い出すとは、いささか僭越じゃな」

六人の頭分が言った。

「ああまで力を見せつけられると手も足も出ぬ。じゃが、どのような者にも理不尽に死が与えられていいものではあるまい。なんの狙いか知らぬが吉原の楼に潜り込み、莉紅なる女子と客のひとりを心中に見せかけて殺した咎、決して許せぬ。一寸の虫にも五分の魂はある、意地を通すために呼んだ」

「夫婦して奥山に屍を曝すことになる」

「試してみよ」

と応じた幹次郎が、

「姉様、見世物小屋の軒下に身を避けられよ」

と願うと、豊後竹田城下を汀女の手を引いて抜け出た折り幹次郎の腰にあった、二尺七寸（約八十二センチ）の無銘の豪剣を抜いて立てた。

この夜のために手入れをしていた、久しぶりに握る剣だった。

幹次郎は前方の三人を見て、間合を十三間（約二十三・六メートル）とみた。

間合を確かめた幹次郎は目を閉じた。

視界を自ら閉ざした幹次郎の五感が見世物小屋の屋根辺りに人の気配を感じ取っていた。

（師匠、恩に着る）

胸底で呟いた幹次郎は前方の敵に集中した。

時が止まったような静寂のあと、白衣の六人が前後から幹次郎に迫ってきた。

間合が一気に縮まり、白衣が虚空に飛び上がった光景が幹次郎の脳裏を過った。

その瞬間、腰を沈ませた幹次郎が伸び上がる反動を利して、迎え撃つ三人のいる前方の高みに飛翔した。

三人はすでに跳躍の頂きにあって下降に移ろうとしていた。そして、幹次郎の背後からも別の三人が襲いかかってこようとしていた。

幹次郎は飛翔を続け、下降に移った三人と虚空ですれ違った。

同時に構え合った二尺七寸の豪剣と公儀広敷番衆の忍び刀が振るわれた。

だが、曲線を描いて幹次郎の体を捉えようとする忍び刀の直刀より幹次郎の豪剣が直線に振り下ろされるほうが迅速にして確実だった。

真ん中の頭分の脳天を無銘の剣が砕き、その直後に八の字に振るわれた刃が次々に白衣を血の色に染めた。

だが、幹次郎の背後から別の三本の直刀が襲いきた。

その瞬間、出刃包丁が投げ打たれる音が続けて響いて、虚空の三人が動きを止めたあと、地面に叩きつけられた。

幹次郎は、

ふわり

と奥山の地面に降りた。続いて、出刃に刺し貫かれた三人が落下してきたが、すでに絶命していた。

幹次郎は血振りをくれると刀を鞘に納め、痙攣する体に突き立った出刃包丁を抜くと、懐から手拭いを出して出刃の血をきれいに拭い取った。そして、三本を虚空に緩やかに投げ返すと、紫光太夫が投げ返された出刃を受け取った。

汀女が軒下から姿を見せて、見世物小屋の太夫に深々と一礼した。幹次郎が前もって汀女に文を持たせ、手助けを願っていたのだ。

幹次郎も汀女を見倣い、心の中で、

(師匠、この恩は決して忘れはせぬ)

と礼を述べた。

その瞬間、言葉が浮かんだ。

夏の夜(よ)に　奥山にとぶか　白狐

幹次郎は汀女に胸奥を見透かされたようで慌てて散らかった言葉を忘れた。

「姉様、参ろうか」

ふたりは奥山から畑屋敷へと歩き出し、奥山から出るときに振り返った。

常夜灯のおぼろな灯りに無人の奥山が広がっているばかりだ。

「夢か」

「はい、夢まぼろしにございます」

と汀女が幹次郎の言葉に応じた。

(そう、夢まぼろしかもしれぬ)

南町奉行所定町廻り同心桑平市松は、料理茶屋山口巴屋の折詰を手にぶら下げて、奥山での戦いの一切を水芸の見世物小屋の暗がりに潜んで見ていた。

（裏同心神守幹次郎、恐るべし）

敵には決して回したくない、と思いながら、

ふうっ

と大きな息を吐いた。そして、五十両は入っていそうな重い折詰を大事そうにぶら下げて、花川戸浅草寺寺領の河岸に泊めた舟に向かって歩いていった。

奥山から人の気配が消えて、九つの時鐘が鳴り響いた。

二〇一三年十月　光文社文庫刊

光文社文庫

長編時代小説

未決 吉原裏同心(19) 決定版

著者 佐伯泰英

2023年1月20日 初版1刷発行

発行者 三宅貴久
印刷 萩原印刷
製本 ナショナル製本

発行所 株式会社 光文社
〒112-8011 東京都文京区音羽1-16-6
電話 (03)5395-8149 編集部
8116 書籍販売部
8125 業務部

ISBN978-4-334-79416-3 Printed in Japan

組版 萩原印刷